BABEL
巴别塔100

睡前还有漫长的路要赶

Robert Frost

弗罗斯特诗100首

〔美〕弗罗斯特——著
杨铁军——译

人民文学出版社
PEOPLE'S LITERATURE PUBLISHING HOUSE

图书在版编目(CIP)数据

睡前还有漫长的路要赶：弗罗斯特诗100首/（美）弗罗斯特著；杨铁军译.—北京：人民文学出版社，2021
（巴别塔100）
ISBN 978-7-02-015342-8

Ⅰ.①睡… Ⅱ.①弗…②杨… Ⅲ.①诗集-美国-现代 Ⅳ.①I712.25

中国版本图书馆CIP数据核字(2019)第111651号

责任编辑　卜艳冰　何炜宏　邰莉莉
封面设计　钱　珺

出版发行　人民文学出版社
社　　址　北京市朝内大街166号
邮　　编　100705
网　　址　http://www.rw-cn.com

印　　刷　上海利丰雅高印刷有限公司
经　　销　全国新华书店等

字　　数　125千字
开　　本　889毫米×1194毫米　1/32
印　　张　5
版　　次　2021年2月北京第1版
印　　次　2021年2月第1次印刷

书　　号　978-7-02-015342-8
定　　价　49.00元

如有印装质量问题，请与本社图书销售中心调换。电话：010-65233595

目录

致解冻的风 ……………………………… 001
瞭望点 …………………………………… 002
割草 ……………………………………… 003
现在关好窗 ……………………………… 004
十月 ……………………………………… 005
不愿 ……………………………………… 006
家葬 ……………………………………… 007
柴垛 ……………………………………… 012
好时光 …………………………………… 014
未选择的路 ……………………………… 015
一个老人的冬夜 ………………………… 016
电话 ……………………………………… 017
相会并擦身而过 ………………………… 018
雨蛙溪 …………………………………… 019
灶鸟 ……………………………………… 020
束缚和自由 ……………………………… 021
桦树 ……………………………………… 022
说话时间 ………………………………… 025
苹果季的母牛 …………………………… 026
相遇 ……………………………………… 027
熄灭，熄灭—— ………………………… 028
采树脂的人 ……………………………… 030
架线人 …………………………………… 032
树的声音 ………………………………… 033
枫树 ……………………………………… 034
保罗的老婆 ……………………………… 041

火与冰	047
在一个废弃的墓地	048
雪尘	049
给E.T.	050
任何金色之物都无法久耽	052
脱逃者	053
雪夜林间暂驻	054
只需一次，然后，某事出现	055
再见，注意保寒	056
两个看两个	058
城里的小溪	060
厨房烟囱	061
冬天寻找一只日落鸟	062
傍晚在一个糖枫园	063
疑虑	064
山腰融雪	065
无锁的门	067
精通乡村事务的必要	068
春天的水塘	070
月亮的自由	071
忠诚	072
关于无人关注	073
短暂一瞥	074
接受	075
曾经一次在太平洋边	076
悲痛	077
我窗前的树	078
洪水	079
熟悉黑夜	080
西流的小溪	081

沙丘	085
一个士兵	086
乘法表	087
最后一次割草	088
出生地	089
黑暗中的门	090
大晴天灌木丛边小坐	091
满抱	092
熊	093
蛋和机器	095
独自罢工	097
泥泞时节的两个流浪汉	100
白尾胡蜂	103
埃姆斯伯里的一条蓝色缎带	106
一只鼓丘土拨鼠	109
金色的赫斯泊里蒂	111
暴风雨的时候	114
路边小摊	116
分工	118
关于心开始遮蔽大脑	120
门洞里的身影	122
在伍德沃德公园	123
创纪录的一大步	125
叶子和花儿比较	127
落叶踩踏者	128
关于从顶部取石加宽底部	129
设计	130
晴但更冷	131
试运行	133
准备,准备	134

十个米尔 …………………………………… 136
夜晚的彩虹 ………………………………… 139
丝帐篷 ……………………………………… 141
幸福用高度弥补长度的短缺 ……………… 142
请进 ………………………………………… 143
至多如此 …………………………………… 144
一道云影 …………………………………… 145
完全奉献 …………………………………… 146
秘密坐下 …………………………………… 147
半场革命 …………………………………… 148
严肃的一步轻松迈出 ……………………… 149
指令 ………………………………………… 151
太为河流焦虑 ……………………………… 154
探询的脸 …………………………………… 155

致解冻的风

随雨来吧,哦,喧闹的西南风!
请带来歌手,带来筑巢者。
给掩埋的花儿一个梦。
使冻住的雪堆冒气。
从白色下找出棕色。
但不管今晚你干什么,
请洗洗我的窗户,让它流动,
让它像冰那样融化。
把玻璃融化留下窗棂
如隐士的十字架。
闯入我狭窄的隔间。
摇动墙上的画。
哗啦啦地翻卷书页。
把诗乱扔在地。
把诗人赶出房门。

瞭望点

厌倦了树,我再次寻找人类,
我很清楚跑去哪里——黎明,
　一道山坡上,牛在草地上流连。
我斜倚在懒洋洋的刺柏间
看不到我的地方,眺望白色的轮廓,
　那是远处的人类房屋,再往远处,
就是对面山坡人的坟墓,
是看生者还是逝者?随便脑子怎么想。

到了中午,我厌倦了这些,
　就转身支在胳膊肘上,看,
　太阳灼烧的山脊照亮我的脸颊,
我的呼吸像微风吹动了矢车菊,
我闻着大地,嗅着瘀伤的草,
　我就着蚂蚁洞往里看去。

割草

树林旁从无声响,
除了我的长镰刀对着地面低语。
它低语些什么?我自己也不清楚。
也许是关于太阳的热气,
也许,是关于四下俱寂——
这就是它呢喃而不说话的原因。
它不是不劳而获的梦想,
也不是仙女精灵手里易得的黄金:
任何多于这真理的东西,相比那热切的爱
都会显得无力,那爱把洼地修刈成行——
虽然免不了遗漏一些纤弱挺立的花
(苍白的兰花),吓走一条亮青的蛇。
事实是劳动懂得的最甜蜜的梦。
我的长镰刀低语着,留下干草堆积。

现在关好窗

现在关好窗,使整个田野沉静。
若树必须摇动,让它们默默摇动。
现在没有鸟叫,如果有,
权当是我的损失。

还要很久湿地才能恢复,
还要很久最早的鸟儿才会出现:
所以关好窗,不要听风,
但请看万物在风中摇动。

十月

呵，寂寂温和的十月清晨，
你的树叶成熟了即将掉落。
明天的风，如果是狂暴的，
就将把它们全部废弃。
森林上空的乌鸦呼叫，
明天也许就会排成行，飞走。
呵，寂寂温和的十月清晨，
让今天的时光慢慢展开。
让今天对我们显得不那么短暂。
心不在乎被哄骗，
假如哄骗，请用你熟知的方式；
破晓时放出一片叶子。
中午放出另一片叶子。
一片从我们的树上，一片从远处。
用轻柔的雾拖住太阳，
用紫水晶使大地痴迷。
慢下来，慢下来！
为了葡萄，如果它们是全部，
它们的叶子已被寒霜灼烧，
它们一簇簇的果子，不如此也必将落失——
为了沿墙挂着的葡萄！

不愿

穿过田野和树林
　　我蜿蜒踏上了墙垣
我登临视野广阔的山
　　眺望世界,然后下来。
我循着公路回家
事情结束了,看。

树叶已全死在地上,
只有橡树保留的那些,
把它们一片片松解
让它们在雪的硬壳上
磕磕碰碰,匍匐而动,
　　当别的叶子正自睡眠。

死叶子抱团静止,
　　不再被风随处乱吹。
最后一朵紫菀花已消失。
　　金缕梅的花已全枯萎。
心还在发痛、寻求,
但脚问"去哪里?"

呵,什么时候人的心
　　认为这不是背叛:
随着事物的漂流而移动,
　　优雅地屈服于理念,
弯腰低头接受一段爱、或
　　一个季节的结束?

家葬

他从楼梯底下看到她时
她还没看到他。她正往下走,
回着头,似乎看到某种恐惧的事。
她迟疑地探脚,又缩回
抬高身体再次看。他一边朝她走去,
一边说,"你总在那儿看的
是什么?——我想知道。"
她回过头,裙子随之塌陷,
她的脸从恐惧变成呆滞。
他说话拖时间:"你看到了什么?"
直到爬上比她高的位置。
"我会找到的——你必须告诉我,亲爱的。"
她原地不动,拒绝给他任何帮助,
脖子稍稍僵硬,一声不吭。
她让他看,很肯定他什么都看不到,
盲眼的动物;一开始他确实没看到。
但最后他低语:"哦,"然后又是,"哦。"

"是什么——什么?"她问。

     "就是我看到的。"

"你没有,"她反驳。"告诉我是什么。"

"奇怪的是我没一下子就看到。
我从来没有从这儿注意过它。

我肯定是习以为常了——就是这个原因。
那个埋着我亲人的小小墓地!
那么小,窗都把它整个框住了。
比一间卧室大不了多少,是不是?
三块条石,一块大理石,
阳光照着山坡一侧宽肩的
小石板。我们不用管这些。
但我理解:不是因为石头,
而是因为孩子凸起的坟——"

    "不要,不要,不要,不要,"她大叫。

她往后退,从他歇在栏杆上的
胳膊下缩身钻过,往楼下溜。
然后回过头看他,眼神是那么愤怒,
他一连说了两遍才回过神:
"难道一个男人不能说说他失去的孩子?"

"你不可以! ——呵,我的帽子呢?呵,我不需要它!
我必须离开这儿。我快窒息了。——
我不知道哪个男人可以。"

"艾米!别去找人,这次。
听我说。我不会走下楼梯。"
他坐下,用拳头托着脸。
"有个事我想问你,亲爱的。"

"你不知道怎么问。"

    "那么帮帮我。"

她所有的回应就是用手指拉动门闩。

"我的话几乎总是一种冒犯。
任何事我都不知道该怎样说
才能让你高兴。但我觉得你完全可以
教教我。我不敢说我知道怎么做。
一个男人必须部分地放弃作为男人
才能和娘们儿相处。我们可以这样安排,
我约束自己不去碰
任何你觉得特殊的东西。
虽然我不喜欢这样,相爱的人之间不该如此。
不相爱的两个人才离不开这一套。
相爱的两个人在一起不能这样。"
她拉了一下门闩。"别——不要走。
这次不要找别人诉苦。
如果是人类能理解的,就告诉我。
让我进入你的悲伤。这方面我和别人
没太大差别,你站在那儿保持距离
便足以证明这点。给我应有的机会。
虽然我确实认为你做得有点过分。
什么东西让你把失去初生儿的
母亲的痛苦弄得这样
不可抚慰——尽管是因为爱。
能回忆他你也许就应满足了——"

"你在嘲笑!"

    "我没有,我没有!
你让我发狂。我要下去对付你。

上帝，多蠢的女人！竟然这样，
一个男人不能谈他自己死去的孩子。"

"你不能，因为你不知道怎么谈。
如果你还有半点感情，你用
你的手——那么忍心——挖他小小的坟墓；
我就是从那个窗口看到你，
把碎石子高高掀到空中，
掀起来，就那样，就那样，轻轻地
落在墓穴旁的石板上。
我想，那个男人是谁？我不认识你。
我在楼梯间上来下去，
再看时，你的铁锹还不停地挥舞。
然后你进来了。我听到厨房里
你雷鸣般的嗓音，我不知道为什么，
不过我走近用我自己的眼睛看。
你竟坐在那儿鞋子上还有斑痕
从你自己孩子的坟墓里沾上的新鲜泥土
谈着你的家常。
你把铁锹立起来靠墙，
就在那儿，门口，我看到了。"

"我简直是哭笑不得。
我是被诅咒了。上帝，我肯定是被诅咒了。"

"我还能复述你说的那些话：
'三场早雾和一个雨天能把
搭得最好的杨木围栏朽坏。'
想一想，在那种场合说那样的话！
杨木多长时间朽坏，和那停在

遮暗的客厅里的①，两者之间有什么关系？
你根本不在乎！不管谁死了，
最亲近的朋友可以去送葬，但也可以
挪不了几步，根本就不去。
不，从一个人生病到他死，
他一直是孤独的，死的时候更孤独。
朋友们假装跟到墓地，
但人还没埋进去，思绪就回头了，
用最快的方式返回自己的生活，
回到那些活着的人中，他们熟悉的事物中。
世界是恶的。如果我能改变它
我就不会这么悲哀。噢，我不会，我不会！"

"喂，你把什么都说了，总该感觉好点吧。
现在你不要走。你在哭。关上门。
心都伤碎了：为什么还要继续？
艾米！有人从那边路上来了！"

"你——哦，你以为说说就行了。我必须走——
出了这座房子的什么地方。我怎么能让你——"

"你——要是——走！"她把门缝开得更大。
"你想要去哪里？先告诉我。
我会跟着你，强拽你回来。我会的！——"

---

① 停在遮暗的客厅里的，指的是孩子的遗体。

柴垛

天色阴沉，我去冻住的沼泽里散步
我停下来说："我要从这儿回头。
不，我要走得更远——我们走着瞧。"
硬雪承受我，除了偶尔有些地方
陷入我一只脚。目光所及全是
又细又高的树木竖直的线条，
如此雷同，无法用以标记或命名一个地方，
以便能确切地说出我在这里
而不是别处：我只是离家远了而已。
一只小鸟在我前边飞。他落地时
小心翼翼地让一棵树挡在我们之间，
一句话都不告诉我他是谁，
谁会这么愚蠢地去想他怎么想。
他以为我追它是为了一根羽毛——
他尾巴上那根白色的；像有些人那样把所有
对他说的话都当成针对他个人的。
他要是往旁边飞一点就会打消疑虑。
我正好发现一堆木头，
这让我忘掉了他，让他小小的恐惧
带他飞上我本来会走的路，
而没有怎么祝他晚安。
他落在木堆后，作为他最后的一站。
这是一捆枫树，砍倒后劈开
堆成堆——大小是四乘四乘八。
和它相似的柴堆？我看不到。
附近新雪上还没印出绕行的小路。

它肯定比今年新砍伐的要早,
甚至早于去年和前年的。
木材呈灰色,树皮开始脱落,
柴堆有点沉陷。铁线莲
一圈一圈缠住它,像是捆成了一堆。
其实是后边那棵还在生长的树
从一边扛住了它,另一边是快要掉落的
木架支撑。我想只有
某个永远为了新任务活着的人
才可能忘掉他花时间完成的
手工活儿,他斧头的劳作,
把它留在那儿,远离任何可用的火炉
以它腐败的缓慢无烟的燃烧
尽最大努力去烘暖冻结的沼泽。

好时光

我冬天傍晚的散步——
根本无人可以交谈,
但我有小屋排列一行,
闪着眼高居积雪之上。

我觉得我拥有里头的人:
我拥有一只小提琴的声音;
我透过窗帘的花边打量
看到年轻的形体和脸庞。

我向外有这么棒的伙伴。
我一直走到没有小屋可见。
我转身、反悔了,但我回返
却没见窗,只有黑黢黢一片。

请您原谅的是,我的脚
在雪里咯吱作响,惊扰
沉睡的村巷如渎神的语言,
那是一个冬日的夜里十点。

未选择的路

黄色的树林里两条路分岔,
很遗憾我不能两条路都选,
作为旅行者我只一人,伫立良久,
尽可能往一条路的深处观看,
直到它蜿蜒消失在灌木丛里。

然后走了另外一条,同样美,
也许还有选它的更好的理由,
因为它杂草丛生,需要踩踏。
虽然关于这一点,往来过路
把两者磨损的程度大约相同,

那天早晨,两条路同样躺在
落叶下,还没脚步把它们踩黑。
哦,我把第一条留给了他日!
但既知路如何一条通往下一条,
我怀疑是否还有返回的可能。

在某个地方,许多许多年后
我会叹一口气,把这事讲述:
两条路在树林里分叉,而我——
我选择了那条少人行走的路,
这,造成了此后一切的不同。

一个老人的冬夜

门外的所有穿透那层薄霜，
从黑暗中聚焦于他，几乎在空房间的
玻璃窗上形成了另外的星群。
不让他的眼睛回击这注视的，
是他手里朝着眼睛倾斜的灯。
不让他回忆是什么把他带到
那个吱吱响的房间的，是年龄。
他站着，周围是木桶——神思恍惚。
他走过来，笨重的脚步惊吓了
下边的地窖；他走过去，再次以
笨重的脚步惊吓了它——惊吓外边的夜，
夜的声音，熟悉的，比如
树的喧哗，枝条断裂，常见的事物，
但没有声音与敲箱子类似。
除了自己，他不是任何人的光，
他就坐在那光里，焦虑着他还知道些什么，
一道寂静的光，然后连光都没了。
他把他落在房顶的雪，沿墙
垂下的冰凌，托付给月亮——
就像她本来的样子，很晚才升起——
残月，对这样的举动来说，
无论如何比托付给太阳保存要好；
然后睡着了。炉子里的木头
啪嗒动了一下，惊到了他，他翻身，
放缓了沉重的呼吸，但还睡意沉沉。
一个老人——一个人——填不满一座房子，
填不满一座农场，或乡下，即使他能，
也只会如此度过一个冬天的夜晚。

电话

"今天,我从这儿走到
再也走不动的地方,
有那么一刻
一切都静止了
当我把头贴上一朵花时
我听到你说话。
别说我没听到,因为我听到你说了——
你是从窗台上那朵花儿的位置说的——
你记得你说了什么吗?"

"首先告诉我你认为你听到了什么。"

"我发现了那朵花儿,赶走一只蜜蜂,
随后我侧头,
抓住花梗,
我听着,我认为我听到了那个词——
什么?是你在喊我的名字吗?
还是你在说——
某人说'来吧'——我是弯腰时听到这话的。"

"我也许想了那么多,却没发出声音。"

"是啊,所以我来了。"

相会并擦身而过

我沿墙走下斜坡
斜倚着一扇门在那儿看风景,
然后转过身来,那是我第一次看见你,
你正从山坡下往上。我们相遇了。
但那天所有我们所做的不过是在
夏日的尘土中混淆一大一小的
足印,像是画了一幅我俩少于二
但多于一的示意图。你的阳伞
在地上深深一戳,形成一个小数点。
我们谈话时你总是盯着尘土
似乎在对里边的什么东西微笑。
(哦,并不是对我有偏见!)
后来我经过我们相遇前
你走过的路,你经过我走过的路。

雨蛙溪

六月，我们的小溪耗尽了歌和速度。
自此被极力追寻，它被发现
不是钻入地下汩汩求索
（带走了所有繁殖的雨蛙，
一个月前还在雾气中鼓噪，
像雪的幽灵里雪橇铃的幽灵）——
就是随珍珠草拱上来盛开，
细弱的叶子被吹拂、压低
甚至顶着水流的方向倒伏。
它的河床只剩下一层褪色的纸
由酷热粘在一起的枯叶构成——
除了记忆久远的人谁都认不出是小溪。
它如此的呈视，将比歌中传唱的
他处的溪水流得更久。
我们热爱事物是因为我们爱其所是。

灶鸟

有一位歌手每个人都听过,
歌声嘹亮,那是仲夏的林中鸟,
让坚实的树干再发出声音。
他说树叶老了,对花儿来说
仲夏相当于春天的十分之一。
他说早期的花落季已过,
现在梨花和樱桃花雨点般落下,
是在艳阳天出现短暂阴云的时候,
这样的落下才是我们所称的秋①。
他说公路上的尘土覆盖了一切,
灶鸟会停止,就像其他鸟一样,
但他知道如何在不唱中唱。
他用所有的非言辞提出的问题
不过是怎样看一个被贬低了的东西。

---

① 英文里秋天同时也有落下的意思。

束缚和自由

爱有土地可为她紧紧依附
借助一些山丘和环绕的手臂——
墙里有墙,把恐惧拒于门外。
但思想不需要这些东西,
因为思想有一对无畏的翅膀。

我看到雪地、沙漠和草地上,
都有爱所留下的一道痕迹,
来自世界紧紧的拥抱。
这就是爱,爱也高兴这样。
但思想让他的脚踝争得了自由。

思想劈开星际的阴郁
整夜坐在天狼星的光盘中,
直到白日使他折返他的飞行,
每根羽毛都带着燃烧的焦味,
经太阳回到地球的屋宇。

他在天上获得的如其所是。
但有人说爱作为一个奴隶
只简单不动,就在几个美人身上
拥有了,思想远行才发现的
融入另一个星辰的,所有东西。

桦树

当我看到桦树左右弯曲
衬着背后更直更黑暗的树木,
我喜欢想象是某个男孩在摇它们。
但摇晃并不能把它们彻底扳倒,
暴风雪可以。时常,你可以看到它们
在晴朗的冬日早晨一场雨后
结满了冰。微风吹起时
冰凌互相碰撞,它们的珐琅质
撞出裂隙,变得色彩缤纷。
很快太阳的热度会使它们脱去水晶外壳
在雪的硬壳上粉碎,崩塌——
大堆大堆的碎玻璃一扫而过
你会以为是天空的圆顶塌了。
它们被重量拽到枯萎的蕨类植物上,
看起来不会折断;虽然一旦弯到
那么低,那么久,就再也不能把自己伸直:
你也许能看到它们的躯干在树林里拱低
多年之后,叶子拖曳在地上
像姑娘们手脚着地,头发从头顶
抛到前面披拂,借太阳晒干。
但我要说,当真理用它
关于暴风雪的不事夸饰的态度闯入时
(现在我有诗意的自由了吗?)①
我更希望是某个男孩出来进去

---

① 此行在后来的版本删掉了。

在放牛的路上拉弯它们——
这是他自己发现的唯一的游戏,
他离开市镇太远玩不了棒球,
只有这个,不论冬夏,一个人就能玩。
一棵一棵,他把他父亲的树制服了
一遍一遍地骑着它们往下压
直到把坚硬从它们的躯体里抽出来,
没有一棵不是软塌塌的,没有留下一棵
不被征服。他学会了所有
要学的东西,不要太早发射,
否则就无法让树干从地上
飞起来。他总是在高高的树枝上
维持平衡,小心翼翼地爬上,
小心得好比你往一只杯子里倒水,
水溢到杯沿,甚至高于杯沿。
然后他向外荡去,先是脚,嗖的一声,
踢下来穿过空气到了地面。
我也曾经是一个桦树摇晃者。
我也如此梦想再回到那时。
这是当我厌倦了各种忧虑的时候,
生活太像一片无路可走的林子
在那里你的脸穿过蜘蛛网
被它弄得又红又痒,一只眼睛
在睁开时被枝条甩到而流泪。
我想离开地球一会儿
然后回来重新开始。
但愿命运不要故意曲解我,
只满足我一半的愿望,把我夺走
而不送回。地球才是爱发生的地方:
我不知道能有什么地方更好。

我想去爬一棵桦树,
从黑黑的枝条爬上雪白的躯干
向着天,一直到树无法承受,
弯下头把我再次送到底下。
那样子上去下来都算不错。
一个人可以比桦树摇晃者过得更糟。

说话时间

一个朋友从路上喊我
并勒住他的马慢下时
我不会站立不动,四下张望,
在那尚未锄过的山坡上,
并从我站的地方大喊,"什么?"
不,特别是当可以聊聊的时候。
我把锄头插入松软的土地,
锋刃朝上有五英尺高,
拖着脚步:我爬上石墙
迎接一个友好的访问。

苹果季的母牛

近来那唯一的母牛得了灵感,
把墙壁当作打开的门,
把修墙人看作是傻瓜。
她的脸沾了果渣,嘴角
淌着果浆。尝过了水果,
她不屑于一座枯萎到根的牧场。
她在树和树之间穿梭,下边躺着
被残茬刺过、虫子咬过、变甜的落果。
跑走时她留下咬过的果子不顾。
她在小山丘上对天咆哮。
她的乳房皱缩,奶也干了。

相遇

曾有一个堪称"天气酝酿者"
的日子,热气缓缓蒸腾,太阳
用自己的力量把自己遮住,
我一边厌烦,一边连滚带爬,穿过
一沼泽的雪松。松油和草木屑
令人窒息,疲倦,燠热,
使我后悔偏离了我认识的路,
我暂停,在一个钩子上休息,
我被它勾住外套,像坐下似的,
因为没办法往其他地方看,
只能抬头看天,衬着天蓝色,
俯视我的是一棵复活的树,
一棵以前倒下但重新站起的树——
没有树皮的幽灵。他也暂停住,
像是怕踩到我的样子。
我看到他的许多手处于奇怪的位置——
他肩膀上拉着一股黄线
里头传输着人类之间的某些东西。
"你都到这儿了?"我问。"现在哪里没有你,
你传输的是什么消息——假如你知道?
告诉我你要去哪里——蒙特利尔?
我?我哪里都不去。
有时候我偏离踩熟的路
半心半意地寻找兰花卡吕普索①。"

---

① Calypso orchid,布袋兰,直译作兰花卡吕普索,在美国福蒙特、新罕布什尔、缅因等地常见的野花,卡吕普索是腊神话里的女神,曾在奥德修斯的旅途中欢迎过他。

熄灭，熄灭——①

电锯在院子里咆哮着，震颤着
尘土飞扬，掉下炉子般长的木料，
微风吹过时散发甜香。
抬眼望的人们从那里能数
一道一道往后五座山峦
在日落下远远没入福蒙特州。
锯子咆哮着，震颤着，咆哮着，震颤着，
轻松运转，或吃入很深。
什么都没发生：一天快要结束。
算它一天吧，我希望他们这样说过
以取悦那男孩，给他半小时
他如此看重的不用工作的时间。
他的姐姐着围裙站在旁边
告诉他们"晚餐了"。听到这话，锯子
像是要证明它知道什么是晚餐，
跃出咬到男孩的手上，或看起来像跃出——
他一定是把手伸出。不管怎样，
双方都没有拒绝这相遇。但是手！
男孩的第一声尖叫是凄惨的笑，
他举起手摇晃着冲向他们
半像请求，半像捧住
不让生命泼洒而出。然后男孩看到了一切——
因为他已足够大懂事了，大孩子

---

① 熄灭，熄灭——，出自莎士比亚《麦克白》：熄灭，熄灭，短蜡烛……

干成人的活儿,心里却还是个孩子——
他看到所有的毁坏。"别让他们切掉我的手——
医生来了,别让他切我的手,姐姐!"
就这样。但手已经没了。
医生让他进入了麻醉剂的黑暗。
他躺着,嘴唇随呼吸翻出。
然后——量脉搏的人惊叫起来。
没人相信。他们听他的心跳。
很少——更少——全无!——结束了。
没有更多可做的了。他们,因为他们
不是死的那个,转身忙各自的事了。

采树脂的人

从那里超过我,吸引我走上
他一大早就阔步而行的下坡路,
让我走了五英里
比坐车还舒服的路程的人,
是一个拿着摇摆的包裹装东西的人,
他把一半包裹缠在手上。
我们沿旁边的河水走,
水的喧嚣让我们说话好像吠叫。
我给他讲我要去什么地方
我住在山上什么地方,
刚才走着的是回家的路;
他则给我讲了一点他自己的事。
他来自山口处更高的地方,
那里新冒出的溪流冲刷
从山体剥离的一块块石头——
那些石头毫无希望地细碎不堪
看起来永远磨不成能长草的土。
(生苔藓倒是没有问题)
就是在那里他造了他偷来的小屋。
因为对火和丧失的恐惧
使伐木人睡不安稳,
所以它必须是偷来的小屋:
想象一下半个世界都被烧黑,
太阳在烟雾里蜷缩发黄的景象。
我们都知道那些进城的人
在马车座下放着各种浆果

或者双脚之间夹一篮子鸡蛋。
这个人带来的是一棉布袋
树脂，山间云杉的树脂。
他给我看那一团团散发清香的东西
像没切割的宝石，粗糙、灰暗。
它上市的时候是金黄色
但到了牙齿间却变成粉色。

我告诉他这样的生活令人愉快，
把你的胸膛紧贴树皮，
所有的日子都在下边暗淡的地方，
用一把小刀挂住了往上爬，
剥下树脂，把它取下来
在你乐意的时候带去市场。

架线人

这里来了架线的先锋,
他们更多是把森林破坏了而不是砍伐了。
他们栽种死掉的树代替活着的,而死掉的树
他们用一根活的线串在一起。
他们用线在天空下串起一架仪器,
那里面词语不管是敲出来还是说出来的
都会悄悄流过,就像它们还是思想的时候。
但他们不急于架设:他们走过去
从远处喊叫着把线绷紧,
紧紧拉着它直到抓牢了,
然后慢慢松开——弄好了。伴随一阵笑声,
和一句把荒野变得毫无意义的城里的粗话,
他们带来了电话和电报。

树的声音

我奇怪那些树。
为什么我们要永远
忍受它们的声音,
却受不了另外的离我们
住处很近的声音?
我们每天都受其折磨
直到失去所有的速度感
和我们不变的快乐,
从而获得一种听的氛围。
它们是那种说要走
却从来不走的家伙;
当它长得更老更聪明,
它就不光说,也更明白了
它现在想做的是留下不走。
有时我从窗口或门口
看那些树摇摆的时候,
我的脚在地板上挣扎
我的头也朝我两肩摆动。
我将出发到什么地方去,
我将做出一个鲁莽的决定:
当某一天它们发出声音
摇晃着吓唬它们头上
飞过的白云的时候。
我将会有更少的话说,
但我将已逝去。

枫树

她的老师肯定她叫玛贝尔
这让美珀尔①第一次注意她的名字。
她问她爸爸，他告诉她，"美珀尔——
美珀尔才是正确的名字。"

    "但老师在学校说
没有这样的名字。"

    "老师没有家长
对孩子知道的多，你告诉老师。
你告诉她你叫美——珀——尔。
你问她知不知道枫树。
嗯，你的名字是从一棵枫树来的。
你妈妈给你取的。你和她只是
在楼上的房间彼此擦肩而过，
一个向这边走进生活，一个
向另一边走出生活——知道吗？
所以你不可能对她有很多回忆。
她曾长时间地看着你。
用手指摁你的脸，摁得那么紧，
所以你现在有三个酒窝，她说，
'美珀尔。'我也说：'好，她的名字。'
她点头。以保证我们肯定没有搞错。

---

① 枫树，Maple，这里用作名字，音译为美珀尔，Maple 和 Mabel 玛贝尔音近，所以被她的老师混淆。

我不知道她取这个名字的用意,
但听起来像她留下的,想让你
成为一个好姑娘的吉祥话——像一棵枫树。
怎么样才像枫树我们只能去猜。
或者给一个小女孩,让她有时去猜。
但不是现在——至少我现在不应太努力。
慢慢地我会把所有知道的都告诉你,
关于不同的树,还有关于
你母亲的一些事,也许会有用。"
这一席话播种了危险的自我唤醒。
幸运的是那时她想从自己名字得到的
不过是第二天用来反驳老师,
用父亲那儿听来的话给老师一个好看。
任何言外之意对她都算白说了,
也许这只是他为了避免自责的一厢情愿。
她会忘掉这事。但她从来没有忘记。
他在她心里播种的东西沉睡了那么长时间,
在年复一年的黑暗里几乎消失,
当它醒来,再次活过来,
开出的花儿已不同于当初播下的种子。
某一天它模糊地回到玻璃上,
那时,她站着大声喊自己的名字,
双眼低垂,温柔地注视玻璃,
让她映出的容貌看起来更好看一些。
她的名字有什么意思?它的奇异处
在于它有太多意思。别的名字,
比如莱斯丽、卡洛尔、厄尔玛、玛乔丽,
什么含义都没有。萝丝① 也许有意义,

---

① 萝丝在英文里的意思是玫瑰。

但并不相配（她认识一个叫萝丝的人）
和其他名字的不同使它
惹人注意——进而注意到她。
（他们不是注意到它不同，就是把它搞错）
她的问题是怎样找到与这名字
相配的合适的举止和打扮。
如果她能形成关于她母亲的一些形象——
母亲在她的想象里是可爱的、很好的。
这就是她母亲童年的家，
前边有一层楼高，尽头
靠路边有三层。
（这样布局使地下室也能照进阳光）
她母亲的卧室仍是他父亲的卧室，
从那儿可以看到她母亲褪色的肖像。
有一次她发现一片枫叶夹在《圣经》里
她认为一定是她母亲
放在那里等她的。她把
夹着树叶的那两页书每个词都读了，
就像是母亲在对她说话。
但是她在合上书时却忘记把叶子放回，
于是再找不到那两页重读。
虽然她肯定那里面什么都没有。
所以她对自我的寻找，像大家每个人
寻找自己一样，多多少少向外。
她的自我寻觅，虽然断断续续，
却也促成了她后来的阅读、
思考，接受了一点城里的教育。
她学会了速记，不管速记和这有什么
关系——她有时候好奇地想。
就这样，她发现自己来到一个奇怪的，

美珀尔这名字不应带她去的地方,
那是在她用一本笔记簿听写时,
她抬起双眼暂歇的片刻,
从十九层的窗户往外看到
一架飞艇用不那么像船的动作飞行,
河面上空模糊、令人不安的吼声
飞过人工所建造的最高的城市。
有个人用如此自然的音调说话,
她几乎把他说的话写在自己膝盖上,
"知道吗,你让我想起了一棵树——
一棵枫树?"

　　"因为我的名字是美珀尔吗?"

"不是玛贝尔吗?我以为是玛贝尔。"

"你肯定是听到办公室的人叫我玛贝尔。
我只能让他们怎么喜欢就怎么叫。"

他们两个都惊诧于他在不知道她名字时
就预言了她的秘密。
这让她认为,肯定有一些她自己
错过而没有发现的东西。于是他们结婚了,
把这个幻想带回家一起生活。

有一次他们踏上去她父亲家的朝圣之旅
(房子前边一层,旁边靠路
有三层)
去看是否有一些她可能忽略的
特别的树。他们什么都没发现,

连一棵遮阴的树都没有,
更不用说能榨糖浆的一整片树林。
她跟他讲了那个大《圣经》本子里的
枫叶书签,还有关于它所标记的地方
所有她剩下的回忆——"摇祭,
关于摇祭的什么东西。"

"你从来没直接问你父亲,是吗?"

"我有,但他把话题岔过去了,我觉得。"
(这是她对很久之前他父亲
自己推脱自己的方式的模糊回忆)

"也许这是一些
你父亲和母亲之间的事,
根本和我们无关。"

    "和我无关?
这不公平,给我取了这个
我用了一辈子的名字我却不知道
它的秘密?"

  "那或许是
父亲无法告诉女儿的某些事,
母亲才可以。另外
那也许是他们的一次糊涂事,
在他年老的时候向他提起
而让他内疚,会很不好。
你父亲通过我们的探求,感知我们在他周围,
却不必要地把我们挡在外,

好像他不知道有些小事情
也许会引导我们有所发现。
这对他来说是很私人的事,
如同他看你说你母亲时一样,
即使她活下来了,也不会
生来就是为了养儿育女。"

"脑子里再过一遍你说的事,
不行的话我就放弃";结果最后一遍也没结果。
他们现在虽然永远放弃了寻找,
却紧紧抓住从彼此身上
用灵感看到的东西。事实证明确实曾有些什么。
他们不去想挂着吊桶的枫树整齐地
站成一排,树液和雪的蒸汽
从糖厂翻滚而出的情景。
当他们把她和枫树拉上关系的时候,
是树被秋天的火苗贯穿,
脱去皮质般的叶子,树皮却
没有被烟烧,没有变黑。
他们总是在秋天度假。
有一次他们碰到林间空地里一棵枫树
孤独地竖立,光滑的枝桠举起,
她披拂着的每一片叶子
都躺在了她的脚下,或紫,或淡粉。
但树龄不对,所以他们觉得不是那棵。
二十五年前给美珀尔取名的时候,
它应该还是只有两片叶子的幼苗,
牧场上随便来个母牛一舔就会吞没。
有没有可能是另一棵类似的枫树?
他们在附近徘徊了一会儿,

比喻性足够让他们看到象征，
但却不相信它在不同时刻
对不同的人会意味相同。
也许一种出于孝敬的犹豫
不让他们认为其中有任何婚典之义。
不管怎样事情对美珀尔而言来得太晚。
她用双手捂住眼。
"即使现在可以，我们也不愿揭开秘密：
我们再也不会寻找它了。"

就这样，死亡之时留下的有意义的名字，
导致了一个女孩的婚姻，统治了她的生活。
虽然这意义不怎么清楚。
一个有意义的名字可以养大一个孩子，
把这孩子从父母手中夺走。
要我说，最好取一个无意义的名字，
更多地交给自然和幸福的偶然来决定。
给孩子们取取名，看看你会怎样。

保罗的老婆

把保罗从任何伐木营赶走
只需对他说,
"老婆还好吧,保罗?"——他就会消失。
有人说是因为他没老婆,
讨厌在这事上被嘲笑;
另有人说他大约差一天就要
娶老婆了,却被抛弃;
还有人说是因为他曾有过一个,一个好的,
和别人私奔了,离开了他;
更有人说现在他就有一个
他只需被提醒——
他必须马上对她负责:
他就立刻跑掉去找她,
像是说,"是啊,我老婆还好吗?
我可不希望她遇到什么麻烦。"
没有人急着要把保罗赶走。
他是山间营地的英雄,
自从他,为了证明给他们看,把
一棵落叶松的皮整个儿剥下,
干净的像男孩子们
在四月的星期天,平息下来的河边,
把柳枝刮成柳哨那样。
他们问,似乎就是想看他跑掉。
"老婆还好吗,保罗?"他听到后总是逃走。
他从来没有停下来杀掉
问这问题的人。他只是消失——

没人知道去了何方,
但通常不久,他们就听到
他到了一个新营地的消息。
一样的保罗,一样的伐木营生。
到处都有人问为什么保罗
反对被问到一个礼貌的问题——
一个除了挑衅,你可以说任何话
都没问题的人。上述都是答案。
还有一个对保罗不公平的答案:
就是保罗和一个配不上他的女人结了婚。
保罗因她感到羞耻。和一个英雄相配
她必须是女英雄才行;
相反,她是一个混血印第安人。
但如果墨菲说的是真的,
她也不应是让人感到羞耻的人。

你知道保罗能制造奇迹。所有人
都听过他如何鞭打那些拉着木材、
却一点都拉不动的马,直到它们把
生牛皮的挽具拉长,从装载物延伸到营地。
保罗告诉老板,装载物没有问题,
"太阳落山就会运回"——确实如此——
借着拉长的牛皮缩回自然长度的过程。
这个就是所谓的夸张话①。但我猜
他能跳起用双脚蹬到天花板,
然后安全落下,双脚着地,
回到地板上的说法,才是真事或接近事实。
呵,还有一件奇闻轶事。他老婆

---

① 夸张话、谎言,stretcher,也有拉长的意思。两个意思双关。

是保罗从一棵白松木里锯出来的。墨菲在场,
你可以说,他亲眼目睹了那位女士的诞生。
保罗只要是伐木相关的什么都做。
他坚持不让从他背上拿走木板,
那个——我忘了哪个——不服气的锯木工
想知道在他背上堆多少木板才能让他求饶。
他们从一棵根部粗大的原木锯了一条木板,
锯木工啪的一声把木架推回来,
把锯齿重新对准原木的根部。
这时他们才发现原木发生了什么事,
他们吃惊的表情
暴露了他们感到的内疚,
怕有些东西随着那声巨响掉落。
新切面上留下了一道很宽的
黑色油脂带,有整个木头那么长,
或许,除了两头各短一英尺。
但当保罗把手指放到油脂上时,
才发现根本不是油,而是一个长长的凹槽。
原木是空心的。他们锯的是松木。
"我是第一次看到空心松木。
都是因为我们有保罗在附近。
给我他妈的拿走,"锯木工说。
每个人都想看看它,
告诉保罗他应该拿它怎么办。
(他们把它当成保罗的了)"你拿一把折叠刀,
把口子开大,挖出一个洞,
能坐在里边钓鱼。"对保罗来说
那个洞看起来太好,太干净,太空,
根本不曾有鸟兽或蜜蜂在其中生活。
没有给它们进去的入口。

它看起来像是某种新型的空洞
他认为最好用折叠刀来对付。
所以那天傍晚下班后他回到那儿，
用刀割，把更多光照进去，
看是不是空的。他从里边拽出
一段纤细的木髓，是木髓吗？
也许是一条蛇脱落的蜕
在树的内部，经过一百多年
树的生长，从底部立起来。
又切割一会儿，他把木髓拿到双手上，
透过它看附近的池塘，
保罗想知道它遇水如何反应。
没有惊动一丝风，只有他缓缓走向
河边带起的空气的呼吸，
从他手中刮走了木髓，几乎将它弄碎。
他把它放在边上，让它饮水。
喝了第一口，沙沙响着变软。
下一口它就隐没不见了。
保罗用手指在浅水里拖曳它，
以为它肯定融化了。消失了。
然后在开阔的水域外，被水蚊子模糊了的暗处，
大批漂浮的原木挤靠围栏的地方，
缓缓升起了一个人，一个姑娘，
她湿重的头发堆着像头盔，
斜倚着原木，回头看保罗。
这使得保罗也回头去看
是否她在看他身后的
什么人，而不是他。
（墨菲一直在那里看着
在两个人都看不见的棚屋里）

新生的过程暂停了一会儿,
那个姑娘似乎淹水太多活不了了,
最后她才喘着,吸了第一口气,
笑出声来。她慢慢站起来,
走出去,自言自语或是对保罗讲话,
隔着那些鳄鱼背一样的原木,
保罗带她绕过了池塘。

第二天傍晚墨菲和其他人
喝醉了,追踪这一对上了卡特芒特峰,
从光秃秃的山顶能看到
一个壶状峡谷对面的山岭。
就在那儿,天黑透时,墨菲说,
他们看到了保罗和他的造物收拾屋子。
除了薄暮时分墨菲
在磨坊池塘对面看到他和她
堕入爱情的那次,这是第一次
有人看见他们。
荒野中一英里开外,
他们一起坐在悬崖半空
一个小小的凹处,女孩
散发光芒,如升起的星星,
保罗暗淡,像她的影子。所有的光
都来自女孩自己,而非来自星星,
接下来发生的事证明了这点。
那些坏蛋鼓起嗓子齐声大喊,
还扔了一只瓶子,
作为对美的粗鲁的致敬。
瓶子差着一英里,当然够不着,
喊声却抵达了女孩,把她的光熄灭了。

她像萤火虫一样消失了,这就是事情的全部。

所以关于保罗结婚是有证人的,
不需在任何人面前感到耻辱。
评断保罗的所有人都错了。
墨菲告诉我保罗那样表现
是想把他老婆留给自己一个人。
保罗是一个所谓的可怕的占有者。
拥有一个妻子对他来说意味着占有她。
她和任何别人都没有关系,
不管是赞扬她还是指认她,
他更愿意人们别去惦记她。
墨菲的想法是,保罗这样的男人
不能在他面前说到老婆,
用世界上任何方式说都不行。

火与冰

有人说世界将亡于火，
有人说冰。
从我尝过的渴欲讲，
我和主张火的人站在一方。
但若必须灭亡两次，
我认为我对仇恨懂得够多，
满可以说冰用于毁灭
也同样不错
并且足够。

在一个废弃的墓地

生者伏草而来
阅读山坡上这些墓碑;
墓地依旧吸引生者,
但却永无死人来临。

碑文无非千篇一律:
"今天人来还活得很好
读完石碑后尚能离开
明日来了却就此长眠。"

大理石们如此确定死亡
却禁不住总是发现
为什么没有死者再来。
人们这是在躲避什么?

很容易耍点小聪明
告诉这些石头:人们厌恶死亡
从今往后永远不会再死。
我觉得它们会相信这谎言。

雪尘

一只乌鸦
从毒芹树上
踢飞一团雪尘
洒到我头上

让我的心情
为之一变
部分地挽救了
我痛悔的一天

给 E. T.①

我睡着了,胸前搁着你的诗
读了一半从我手中掉落、摊开
像栖息在墓前雕像上的鸽子翅膀,
看它们能否在梦中把你带来

我也许不再有因为某种拖延
而失去的生活中的机会,当面称你为
士兵、诗人,然后两者同时,
你死了,成为你的民族的战士诗人。

兄弟,你不愿,我也不愿我们之间
有话不谈,现在也是如此——
还有一件事情是当时不能说的:
胜利就是失去了从而赢得的什么。②

你迎向炮弹火舌的拥抱
在维米岭;你倒下的那一天

---

① 英国诗人爱德华·托马斯,一战期间阵亡。弗罗斯特在英国期间与之交好。
② 这里应该暗指朗费罗一首诗《得与失》(Loss and Gain),其中最后一段:
   But who share dare
  To measure lost and gain in this wise
  Defeat may be victory in disguise
   The lowest ebb is the turn of the tide
  但是谁敢用这种方式
  衡量失去和得到
  失败也许是胜利的伪装
  最低的潮水预示潮的更替

战争结束了,对你而非对我,
但如今是对我而非对你——相反。

怎么能结束呢,即使我知道
敌人撤回了莱茵河岸也得不到安全,
我却不能不把这消息告诉你
看你又一次因我的话而欢颜?

任何金色之物都无法久耽

大自然最初的绿是金色①
她最难保持的色泽。
她早期的叶子是一朵花;
但只能保持一个小时。
然后叶子退减回叶子。
伊甸园沉入悲凄。
拂晓向下沉入白天。
任何金色之物都无法久耽。

---

① 这个悖论有很多解释,其中一个解释称新英格兰地区春天的树木发芽变绿之前呈短暂的金黄色。

脱逃者

曾有一年开始下雪的季节,
我们来到一处山间牧场,"那是谁的小公马?"
一匹小摩根马把一只前蹄搭在墙上,
另一只弯在胸前。他低着头
冲我们喷响鼻,然后闪电般跑走。
我们听到他跑走处传来轻雷,
我们看到他,或以为看到他,发暗发灰,
像一道影子映在飘雪的帘幕。
"我认为这小家伙害怕雪。
他还不习惯冬天。他根本不是
在玩耍。他是在逃跑。
我怀疑甚至他妈妈都说不清,'塞克斯,
这只不过是天气不好。'他会以为她不懂!
他妈妈在哪儿?他不可能独自在外。"
他踏着石头哒哒的又回来了,
趴在墙上,眼睛是白的,
尾巴不是毛的部分直立起来。
他抖动他的衣服像是驱赶苍蝇。
"别的动物都已回巢、进窝,
不管谁这么晚还把他放出来,
都应该被通知,过来带他回家。"

雪夜林间暂驻

是谁的林子我想我知道。
他的房子还在村子里边;
他看不到我停留在此间
观看他的林子落雪积满。

我的小马肯定觉得奇怪
附近没有房子却停下来
在林子和结冰的湖水间
一年中最为黑暗的夜晚。

他摇一摇辔头上的响铃
询问是否出了什么毛病。
唯一其他的响动就是那
微风吹拂着唰唰的雪声。

可爱的林子里既深且暗,
但我还有约定必须履行,
睡前还有漫长的路要赶,
睡前还有漫长的路要赶。

只需一次,然后,某事出现

别人嘲笑我跪在井栏边
总是借不到光,所以从来看不到
井里更深处,只看到水
给我返回的一幅闪光的画面
映着我自己,嵌在夏日天空里,像一尊神,
从一圈蕨类和云朵往外望。
有一次,下巴顶在井栏时,
我辨认出,正如我想,在画面之外,
通过画面,一种白色的,不确定的,更多属于
深处的东西——然后消失了。
水涌入,反驳太清晰的水。
一滴水从蕨类滴落,看,一道涟漪
摇动了底下的东西,不管它是什么,
模糊了它,抹去了它。那种白是什么?
真理?一块石英?一次,某些事出现。

再见,注意保寒

这样的说再见,在夜与寒的边缘,
面对一座树皮鲜嫩的果园,
让我想起所有那些可能伤害
农场尽头的果园的东西,
一冬天,它都被一座山丘从房子隔开。
我不想让它被兔子和老鼠包围,
我不想让它被鹿梦幻般地
啃咬,也不想让它被松鸡吃掉嫩芽。
(如果肯定不是徒劳,我会把
松鸡,兔子,和鹿叫到一堵墙下,
拿一根棍子当枪使把它们吓跑)
我不想让它被太阳的热惊扰。
(我们把它设在北向的山坡,
这会让它更安全,我希望)
再大的风暴也不会让果园更糟,
但有一件,别让它温度太高。
"年轻的果园,给你说过多少次了
注意保寒。再见,注意保寒。
要担心五十度以上而不是五十度以下。"
我必须离开大约一个季节。
我得和不同的树打一阵交道,
它们不必照料得那么仔细,也没有
这些果树多产,用斧头对付就可以——
它们是枫树,桦树和美洲落叶松。
惟愿我能保证夜里躺下时,
想到一座果园的困境,

这时缓慢地（没人带来灯火）
它的心沉到草皮下。
但有些事也只能交给上帝。

两个看两个

爱和忘我也许可以让他们
在天马上快黑的时候,沿山腰爬得
更高一点,但却没有爬得太高。
他们肯定很快就停了下来
想到回头路是那么难走,
遍布石头和塌方,黑暗中很不安全。
还有一堵倒塌的墙把他们拦住,
上边布了铁丝网。他们面对它,
耗尽了还想往上爬的意愿,
看了最后一眼他们不能再走的
往上的危路,如果一块石头松动,
或夜间滑坡,那路就会自己变动,
而不是因为脚步。"到此为止,"他们叹息,
"再见树林。"但不行,还没完。
一头母鹿隔着墙在云杉旁站定,
打量他们,和他们离墙一样远。
她在他们的领域看到他们,他们在她的领域看到她。
她模糊的眼睛透着迷惑,看不清
那站立不动的家伙,像倒立的圆石
劈成两半;他们在她眼里看不到恐惧。
她似乎以为,他们只有两个,没有危险。
然后,像是认为他俩虽然奇怪
却不是值得她多费脑筋的东西,
她叹息一声,沿墙跑走,没有受到惊吓。
"这下该结束了吧。还怎么能要求更多呢?"
但不,还有。一声响鼻使他们留下。

一头雄鹿隔着墙在云杉旁站定,
看着他们,和他们离墙一样远。
这是一头长角的、鼻息粗重的雄鹿,
不是那头母鹿又回到原地。
他奇怪地看着他们,头一顿一顿,
好像在问,"你们为什么不动?
或者给一点生命的迹象?因为你们不行。
我怀疑你们不像看起来那样是活的。"
就这样,直到他使他们差不多有了勇气
伸出一只手——就此打破了魔咒。
他也沿墙跑走,没有受到惊吓。
两个看到了两个,不管你从哪方说话。
"这下肯定结束了。"确实结束了。但他们还站着,
一阵强烈的波浪袭遍他们全身,
好像大地通过一个他们并无索求的恩惠,
让他们得以确定大地回报了他们的爱。

城里的小溪

农舍还在,虽然和新的城衢
格格不入,却不得不
挂着门牌号。但小溪怎么样?
它曾像弯曲的肘部环绕着农舍。
我问是因为我了解小溪,它的力量
和冲动,我曾伸进一个手指
让它涌上我的指关节,丢下
一朵花测量它几股水流的交汇。
草地上的草可以被水泥浇注
无法在城市的铺设道路下生长;
苹果树可以被送进火炉燃烧。
对小溪可以做对木头做的同样的事吗?
难道有别的办法除去一股不再需要的
永久的力量吗?从它的源头
用倾倒的煤渣堵上?小溪被
深深关在下水道地牢的石头下,
活在恶臭的黑暗里,还在流——
从来没做过什么而导致这样的下场
除了当初进入时忘了要心怀恐惧,也许。
除了老地图,没有人知道
这样一条小溪流着水。但我想知道
从它被永久关在地下的事实,
人们是否没意识到它会升上来
让这个新城无法工作,也无法休息。

厨房烟囱

造房人,建这座小房子时,
随便你怎么取悦自己都行;
但请在厨房的烟囱上取悦我:
不要在隔板上给我建造烟囱。

不管你到多远的地方取砖,
不管它们值多少钱一块、一磅,
给我把砖买够,建个全长的烟囱,
造烟囱时贴地开始、然后往上。

不是因为我很害怕火,
而是我从来没听过一座房子能兴旺
(我知道有一座房子没有兴旺)
如果烟囱从炉子上面开始造。

我害怕焦油不详的污迹
总是能在贴纸的墙壁上找到,
如果烟囱造得不对的话,总会有
火被雨水倒灌的发霉味道。

隔板是放钟、花瓶和照片的地方,
但我看不出为什么它必须承受
一个烟囱,那样的烟囱让我想起
我过去常常在空中建造的城堡。

冬天寻找一只日落鸟

西边的方向金色正在消失，
空气的呼吸在寒冷中凝滞，
踩着鞋子穿过雪白回家时
我想我看到一只鸟在飞栖。

夏天时每逢我经过那地方，
我都必须停下来抬起脸庞。
一只鸟儿用其天赐的禀赋
正在那里甜蜜轻快地歌唱。

现在那儿没有鸟儿在歌唱。
只有一片树叶还挂在枝上，
这就是我往来经过那棵树
两次，所有能看到的光景。

从我站立的山丘处往下看，
能判断出如此剔透的严寒
只是给雪额外加了一层霜，
像镀了一层金边到金子上。

一道画笔留下弯曲的痕迹
用的不是云就是烟的笔触
横跨从南到北蓝色的天空；
那是一只刺穿划过的小星。

傍晚在一个糖枫园

三月的平静中，一天晚上
我有意识地在糖厂外流连，
用谨慎的声音招呼司炉工
让他离开锅，把拱形炉的火捅旺，
"呵，司炉工，请再捅一下火，
把更多的火星伴随着烟送出烟囱。"
我想有几点火星会纠缠在
光秃秃的枫树枝间，确实如此，
喷入总是暗红的山上稀薄的空气，
然后没入上空的月亮。
月亮，虽只有一点，也足够照亮
每棵树上一只加盖的桶，
还有地上的黑雪，如熊皮毛毯。
火星儿没有努力成为月亮。
它们很满意，就在树枝间
形成狮子座，猎户座，和昴宿星。
很快就会把树枝栖满。

疑虑

全在喊:"我们跟你走,哦风!"
整棵树跟着他,叶片和花梗也跟着。
但一阵睡意在它们走时袭来,
结果它们停下,反而请求风留在身边。

自从它们在春天里向外乍出
叶子们已打定主意要做此次飞行,
现在却只愿意寻找庇护的墙、
灌木丛,或一处空洞的地方过夜。

现在它们对他呼唤的疾风
只做出越来越模糊的回应,
或者最多一点勉强的回旋
出不了它们的原地的局限。

我只希望当我自由的时候
正如它们自由了,出去追求
生活界限之外的知识的时候,
看起来更好的选择不是歇息。

山腰融雪

怎可能了解乡村而不知道
太阳照耀的那天,从山腰的雪地里
释放的那一千万只银色的蜥蜴!
虽然我以前常看到这景象,
却不敢假装知道这是怎么做到的。
看起来好像是太阳的魔法
揭开了地上孵育它们的毯子,
而光打在它们身上,使它们奔跑。
如果我要制止这湿漉漉的踩踏,
抓住一只银色蜥蜴的尾巴,
徒劳地用脚踩住另一只,
合身扑上,手脚全湿地爬到
另外二十只蠕动的家伙前边——
在它们全都闪着光的混乱中,
鸟雀也介入进来,加入狂欢
唧唧喳喳地唱个不停——
毫无疑问,最终我将一个都抓不到。

只有月亮能做到。不管怎么说,
太阳是个魔法师;月亮却是个女巫。
从西方的高天上她投下温柔的光,
突然,没有一点拉扯或扭动,
她把咒语施加到每一只蜥蜴身上。
我设想着六点钟我看的时候
那一群群蜥蜴还跑得很欢。
月亮在等它的寒效起作用。

九点一到：它们被变成了岩石
每一个都呈现活生生的姿态，
钉在山坡上，几乎是直立的。
它们互相堆叠着，一排排并列不动。
那个把它们定住的咒语
是通过树传来，没有一丝风暴的气息，
没有一片树叶扇动，假如还有树叶的话。
这就是月亮的力量：她把它们定住，直到白天，
每道月光的尽头都是一只蜥蜴。
想想我怎样能做到这样的停留！

无锁的门

多年过后
才响起敲门声,
我想到那扇门
没有锁锁它。

我吹灭灯,
踮脚踩过地板,
两手抬起来
对门祈祷。

但敲门声又响。
我的窗是大开的;
我爬到窗台上
翻到外边。

还在窗台上时,
我说了声"请进"
给那敲门的,不管
他是谁,是什么。

听到敲门声
我腾空了我的笼子
为了隐于世界
随岁月改变。

精通乡村事务的必要

那栋房子再次给半夜的天空
带来落日的余晖。
现在房子剩下的只有烟囱,
像花瓣脱落后的花蕊。

隔街对望的是那座谷仓,
若是遂了风的意志,就会和
房子一道烧毁,而不会
留下,顶着这被遗弃的地名。

它不再只开一边的门
让一队队从石子路上走来的
吱吱嘎嘎的毛爪子踩过地板,
把夏收拖进来储藏,窸窣地擦过干草。

鸟儿从空中飞向它
从破碎的窗口飞进飞出,
它们的咕哝很像我们的叹息
都是因为在某处曾栖息太久。

但丁香为了它们更新了叶片,
老榆树也一样,虽然也曾被火舌舔噬;
干涸了的水泵扬起一只尴尬的臂;
篱笆杆上还缠了一股铁丝。

对它们来说,真的没有什么悲哀。

虽然它们在留下来的巢里欢呼，
一个人必须精通乡村事务
才会去相信菲比鸟① 不曾哭泣。

---

① 菲比鸟，Phoebes，是美洲本土的鸟，有时会在人造建筑上搭巢。

春天的水塘

虽然处于森林中,那些水塘
还是反映出几乎完美无缺的天,
像旁边的花一样,寒冷,瑟瑟抖动,
像旁边的花一样,很快就消失,
却不是泯没于小溪或河流,
而是从根部向上,激发出深郁的枝叶。

把这些水吸入蜷缩的骨朵,
把大自然变暗,成为夏日之林的树木——
让它们,在用它们的力
把这些花朵一样的水和水一样的花朵
从只是在昨天才融化的雪里
抹去、喝光、扫去之前,三思。

月亮的自由

我试过把斜挂空中的新月,
停在薄雾笼罩的树木和屋宇上,
就像你试头发上的珠宝那样。
我试过它细长一弯的时候,
孤悬着,或与一颗最透亮的
同样闪烁的星组合在一起。

我喜欢把它随便摆在哪里闪亮。
通过此后某个夜晚款款的漫步,
我把它从一片曲木里拉出来,
把它带到明灭的水上,变大,
把它丢进去,看它图像起伏,
色彩变化,随之而来的种种奇景。

忠诚

心想不出有什么忠诚
比岸对海的忠诚更大——
守住始终如一的曲线,
数着无穷无尽的重复。

关于无人关注

在高处树叶的动荡中
大声喧哗和叹息同样无用。
你是什么,在树的阴影里,
在上边与光和微风游戏?

你不如珊瑚兰,你知道
它对低处的阳光感到满意,
它甚至没有它自己的叶子,
零星的花儿也卑弱低垂着。

你抓住树皮粗糙的节疤,
在森林的脚下显得那么小。
唯一一片它飘落的叶子,
两面都没有写你的名字。

你流连了可怜的一小会儿
走了,林子继续摇摆着树叶,
一点都不思念你刚才拿走的
作为那一刻的战利品的珊瑚兰。

短暂一瞥

给里奇利·特伦斯
近读其《赫斯帕里得斯》①

我常从疾驰的车厢里看花
来不及分辨是什么就已飞逝。

我想下火车,回到它们
生长的轨道边看它们是什么。

我列出所有那些它们不是的花:
不是喜欢火烧林的火草②。

不是点缀了涵洞口的蓝铃花——
不是长在沙土里喜干燥的羽扇豆。

是否某些从我脑子里一掠而过的
地球上没人能找到的东西?

上天赐给的一瞥,只给那些
没有处在可以就近观察位置的物体。

---

① 里奇利·特伦斯(1874—1950),美国诗人,著有诗集《赫斯帕里得斯》等。赫斯帕里得斯指希腊神话中看守金苹果树的三姐妹。
② Fireweed,北美一种常绿植物,在火烧过的土地上生长很快。

接受

疲倦的太阳把光线射到云上
燃烧着沉入下边的海湾,
这时大自然中听不到任何声音
谈论发生了什么。至少鸟儿知道
这是天空向黑暗的转变。
一只鸟在胸腔里咕哝着,
开始阖上一只变暗的眼;
有时这失群的鸟离巢太远,
他就匆忙飞临小树林,及时
俯冲到他还记得的树梢上。
他最多是心想或轻语,"安全了!
现在让夜的黑暗笼罩我,
让夜黑得使我看不到未来,
让未来是什么,就是什么。"

曾经一次在太平洋边

拍碎的海水激起雾的喧嚣。
巨浪裹挟更多的海浪涌来,
想对海岸做一些海水以前
对大地从来没做过的事。
云压得很低,毛茸茸地堆在天空,
像一团团吹到眼前的乱发。
你看不出来,但海岸看起来像是
很幸运,背后有悬崖的支持,
悬崖背后有大陆的支持。
看起来似乎有黑暗意图的夜晚正在降临,
不仅是一个夜晚,更是一个时代。
某个人最好做好应对怒火的准备。
上帝最后那句话"熄灭光"说出之前,
还会有比海水拍碎更可怕的事发生。

悲痛

我曾在何处听到过这风,
如此变化成为一阵更低沉的轰鸣?
是什么让我站在那里,
用手撑开躁动不安的门,
从山坡往下看泛起泡沫的海滨?
夏天过去了,白天过去了,
西边聚起了一堆阴郁的云。
外边门廊凹陷的地板上
叶子盘成一团嘶嘶往上,
盲目击打并绕过我的膝盖。
那音调中有某种邪恶的东西
告诉我,我的秘密肯定被揭穿了:
说是我在房子里孤独一人
这消息一定传到了国外,
说我在生活里孤独一人,
说我除了上帝没有一个留下。

我窗前的树

我的窗含着树，窗树，
我的窗在夜晚来临之际拉下。
但永远不要在你我之间
拉一道窗帘。

梦中模糊的头从地面拔起，
身边最近的那些隐没在云中，
你的高谈阔论不是每句
都很深刻。

但树，我曾看见你被统驭、被摇晃，
如果你在我睡觉时看见我，
那么你就在我被统驭、被摇晃时看到了我，
几乎完全迷失。

那天她把我们的头聚在一起时，
命运有过关于她的想象，
你的头如此关心的是外头的天气，
我的头如此关心的是里头的天气。

洪水

血比水更难筑坝截流。
就在我们以为它被安全地
关在新筑的墙后(让它汹涌!),
她又从某种新的屠杀里决堤而出。
我们采取了魔鬼把它释放的说法;
但血本身的力量释放了血。
它被积蓄到如此非自然的高度,
拥有如此大的洪水带来的冲力。
它将找到出口,英勇的还是不英勇的。
战争的武器与和平的执行
不过是它从中得到释放的点。
现在,洪流巨浪又一次来临,
当它席卷而临,山顶也会染上血。
哦,血将奔涌而出。无法堵住。

熟悉黑夜

我曾是一个熟悉黑夜的人。
我曾走出去到雨中——回到雨中。
我曾走过了城市最远的灯火。

我曾低头看那最悲哀的街衢。
我曾走过按钟点巡夜的警察
却垂下我的眼睛,不愿解释。

我曾站着不动,把脚步声停住,
因为远处一声被打断的叫喊
越过屋宇从另一条街道传来,

却不是叫我回家,也不是说再见;
而更远处,在非人间的高度,
一个发光的钟悬在夜空

宣布时间既不是错的,也不是对的。
我曾是一个熟悉黑夜的人。

西流的小溪

"福莱德,哪里是北?"

      "北?北在那里,亲爱的。
小溪流向的是西。"

      "那就叫它西流的小溪。"
(到今天人们还是这样叫它)
"它以为自己在做什么,可以往西流,
而所有其他的乡间溪水都往东
流向大海?肯定是它这条小溪
坚信自己能够反着来,与众不同,
就像我和你——你和我——
因为我们是——我们是——我不知道我们是什么。
我们是什么?"

"年少还是新生?"

    "我们肯定不同寻常。
我们说了我俩。让我们把这个说法改成我们仨。
正如你我彼此婚配,
我们俩一样可以和小溪结婚。我们要
修一座桥横跨它,这座桥就是
我们的臂拱,跨越它,在它旁边入眠。
看!看!它在用一朵浪花向我们招手,
告诉我们它听到了我的说话。"

"怎么可能，亲爱的，
那朵浪一直在参差的岸边站着——"
（黑色的溪水，受阻于一块沉降的石头，
往回冲出一道白浪，
白浪从此永远骑在黑浪上，
既不能进，也不能退，如一只鸟，
它白色的羽毛，从挣扎的胸部脱落后，
点缀了黑色的溪流，点缀了其下更暗的水，
最后被冲出，形成一块发皱的
白色围巾，衬托着远处岸边的桤木）
"我想说的是，那朵浪花从一开始，
从河流在天上造出来的那天开始，
就已在那里。它并没有对我们招手。"

"它没招手，然而它招手了。如果不是对你，
就是对我——用一种宣告的方式。"

"是吗，如果你把它放到母土，
比如亚马逊流域，
那么我们男人就只能看你进去，
把你留在那儿，我们自己却被禁入内——
这是你的小溪！我无话可说。"

"有的，你也有话要说。请继续。你想到了什么。"

"说起反着来，你看这条小溪如何
用那道浪花流向它自己的反向。
就是从那水中的'相反'我们起源，
比从任何生物的起源都要早很多很多。
就在这里，我们以不耐烦的脚步，

回到那许多起源中的起源,
万物的溪流从此而去。
有人说存在像一个旋转舞男
和旋转舞女,定在一处永远不动,
却舞蹈,但它流去而不回;
它严肃而悲哀地流去,
用空填补深渊的空虚。
它从我们身边的这条水溪里流去,
但它从我们之上流去。它从我们之间流去
把我们分开,那是令人恐惧的一刻。
它从我们之间,我们之上,和我们一起,流去。
它是时间、力量、音调、光、生活和爱——
甚至就是退入非物质状态的物质。
死亡那全能的瀑布
导向空无——没有什么阻挡,
除了它自身内部某些奇怪的抵抗,
那不只是一种突然变向,而是一种回返,
好像悔恨处于其中,是神圣的。
它有着这样向着自身的回返,
所以它的下落总有一种
略微往上的提升,提高了那么一点。
我们往下的生活抬起了时针。
这条小溪往下抬升了我们的生活。
太阳往下提升了小溪。
也有某些东西提升着太阳。
就是在这样相反的朝向源头的运动中,
逆着流水,我们最常看到自己,
这是流水对源头的赞礼。
就是从这样的自然动机,我们发源而来。
这差不多就是我们。"

"今天就是你说了这话的
那天。"

"不，今天是你说了
这条小溪名叫西流小溪的那天。"

"今天是我俩一起说了所说之事的那天。"

沙丘

海激起的浪又湿又绿,
但从它们力竭的地方
升起了另外一些
更大的干旱的棕色浪。

它们是海冲积成的土地,
一路推到打渔人的城镇,
在坚固的沙粒中埋葬
那些她无法淹死的人们。

她也许懂得海湾和海岬,
但她根本不懂得人类,
竟希望通过形状的变化
把人们的思想砍掉。

人们给她一条船去沉没:
他们还可以给她一座小屋;
却因舍去又一个外壳
而可以更自由地去思考。

一个士兵

他就是那杆扔出去的标枪
躺在那里再也拿不起,沾了露,生了锈
还指着它扎进尘土时的方向。
如果我们沿着它看世界,
却看不到任何值得它瞄准的东西,
这是因为我们像人们一样视距有限,
忘记了我们的投掷物要贴着球面
飞行,其弧线总是太短。
它们落下,它们撕开草地,它们
和地球的曲线相交,撞击,打破自己的曲线;
它们使我们畏缩着躲避石头上的金属尖。
但我们知道,阻挡并留下
这具身体的障碍物,射出了那种精神,
比其目标表现出来、闪耀出来的距离都远。

乘法表

山口往上走一多半路
是一眼喷泉，旁边有只打破的玻璃水杯，
不管那个农夫喝还是不喝
他的母马肯定看到了那个地方，
所以使劲儿拽陷入路边水阻的轮胎，
它扭过前额，上边长了一颗星，
憋足气发出一声震天的长叹；
对此农夫会回答说，
"多少次呼吸之后是一声叹息，
多少次叹息之后是一次死亡。
这就是我总告诉老婆的话，
它就是生活的乘法表。"
这样的说法也许很对；
但却不过是那种不管是你我，
还是其他人都不会说的事，
除非我们的目的是造成伤害，
那样的话，我不知还有什么更好的办法
去关掉一条路，丢弃一个农场，
减少人类的生育，
让大自然回来占据人的地盘。

最后一次割草

有一个地方叫遥远牧场,
我们再也不会去那儿割草。
起码在农舍里大家是这么讲:
那块草地和人的关系结束了。
那些无法忍受割草机和耕犁的花儿,
现在就是它们的机会。
必须是现在,正当季的时候,
否则一不割草树木就会长上来,
树看到一片空地
就会开进来形成浓荫。
树是我唯一害怕的,
花儿在其阴影里无法开放;
人不再是我害怕的,
草地被驯服的日子结束了。
此刻这片地属于我们,
为了让你们,哦,骚动不安的花儿
进去放纵、撒欢,
不管什么形状颜色的花儿都去,
我不需一一喊你们的名字。

出生地

沿着山坡再往上来到这儿
在没有任何希望的地方,
我父亲围了一泓泉水,
把所有东西都用墙圈起来,
让土地的生长只限于草,
养育我们不同的生命。
我们是十几个男孩和女孩。
山似乎喜欢这动荡,
让我们动荡了一阵子——
她的笑容里总含着点什么。
今天她连我们的名字都忘了,
(姑娘们的名字全改了,当然)
山把我们从她的膝盖推出去,
现在她的大腿上全是树。

黑暗中的门

黑暗中从一个房间到另一个
我手臂胡乱伸出护着脸
但忽略了,尽管只是一点点,
没把手指岔开,胳膊圈成弧形。
一扇细门突破了我的防护,
狠狠撞在我的头上,
把我天生的比喻系统损坏了。
所以人和事物不再匹配
以前和他们名实相符的东西。

大晴天灌木丛边小坐

今天我张开手的时候
仅抓住区区一束光线
在拇指和手指间感到它。
没有留下任何持久的温热。

曾经有一次也就那一次
尘土真的吸收了太阳；
仅那么一次把火吸收，
所有生物的叹息至今温热。

如果人们长时间观察
也看不到被太阳甩打的泥土
再一次形成生命，并爬走，①
我们不要轻易加以嘲笑。

上帝曾宣布他是真实的
然后躲在帷幔之后退去，
还记得最后的寂静无声
他当时怎样降临那片荆棘。②

上帝曾称名和人说话。
太阳曾让人分享它的火焰。
一个冲动持续下来成为我们的呼吸；
另一冲动持续下来成了我们的信仰。

---

① 指这里暗指达尔文的进化论。
② 《圣经·出埃及记》里，上帝从荆棘里向摩西显现。

满抱

我弯腰每取一个包裹
就从臂弯和膝盖掉落另一些,
整摞东西松脱下滑,瓶子,圆面包——
太难而无法同时驾驭的极端,
但我在意的东西一件都不能丢下。
我用所有的,包括手和大脑,如果必须,
还有心,装载它们,我尽最大努力
在胸前维持它们的平衡。
我屈膝防止它们继续滑落。
终于坐倒被它们围在中间。
我不得不在途中把怀里的扔掉
试着把它们摞成更稳的一堆。

熊

那只熊两臂环抱她上边的树，
像拉一个情人那样往下揪住，
吻它野樱桃红的嘴唇说再见，
然后放开让它直着弹回向天。
接下来她开始摇墙上的圆石
（进行她秋天里的越野跋涉）。
她在枫树之间甩上来甩下去，
铁丝网被她重压时吱吱作响，
一根铁丝还钩下了她一撮毛。
这是没关进笼子的熊的进步。
世界有地方让熊罴感到自由；
宇宙却似乎把你我紧紧束缚。
人就像笼子里那只可怜的熊，
整天和紧张的内向狂怒斗争，
他的心境拒绝所有脑的建议。
脚步前后挪动永远不能停下
脚趾甲喀喀嚓嚓地相互磕碰，
在他停下来的一边是望远镜，
而停下来的另一边是显微镜，
两种工具有几乎相同的希望，
合在一起能看到巨大的范围。
若他从科学踏步中停下休息，
也只是坐下旁观并把头转动，
在两个形而上的极端之间做
看上去有九十度的弧形动作。
他往后坐上他根本性的屁股，

鼻子皱起眼睛（若有）阖上
（他看起来有实际却没有信仰），
把他的腮帮子从左到右摇晃，
摇到一边时赞成一个希腊人，
另一边时赞成另一个希腊人，
要说呢这些都可以得到思量。
一个松松垮垮的身形不论是
走动还是静止都同样地可怜。

蛋和机器

他恨恨地踢了铁轨一下
从远方传来嘀的一声回音,
然后又是嘀一声。他知道这个编码:
他的恨引发了路轨那头的马达。
他后悔单独和铁轨一起时
没有用棍子或石头攻击它,
把铁轨像个开关那样撬起来,
以便能把马达翻进沟里。
但太晚了,现在只有自己可以责怪。
嘀嘀升级成为更近的哐当。
它来了,像一匹围着挡板的马。
(他靠后站着怕被灼烫的喷气烫伤)
一时间只剩下庞然大物,
混乱,和一声呼啸,淹没了他
冲着机器里的那些神发出的大叫。
然后沙土的路基再次恢复了平静。
旅行者的眼发现一条龟线,
两条间隔的爪印间有一截尾巴的拖痕,
他跟着来到一个地方,发现
模糊但很确定的龟蛋掩埋的痕迹;
用一只手指轻柔地探索,
感到了异样的沙子,果不其然,
是一只龟的小洞。
如果有龟蛋,一下子就是九只,
像鱼雷一样,外边是沾了沙土的皮,
堆在沙土里,一起等呼啸声过去。

"你最好不要再打搅我,"
他冲着远方喊,"我已经武装起来准备打仗。
下个有力气经过这里的机器,
它的护目棱镜将被蛋液溅上。"

独自罢工

工厂摇摆的钟改变了频率,
发出的声音像命运催促,
那迟到者听到响声开始跑,
却还是没能在关门之前赶到。
有一条上帝或人的规则,
那些来得太迟的人
将被关在门外半个小时。
不算工时,还要另扣工资。
他会被斥责,甚至开除。
让人紧张的工厂开始震动。
这工厂,虽有许多许多眼睛,
却都高深莫测,不透明;
所以他看不到里边
是否有某个弃置的机器
因他的缘故没有开动。
(他不认为机器会心碎)

但他觉得看到了那场景:
空气里满是羊毛的尘絮。
一千只纱线牵伸,
慢吞吞拉绞在一起,
一整天从大纱筒到小纱筒,
几乎从不超过其承受力,
很安全地越纺越细。
哪怕有一只偶然崩断,
纺纱工一瞥就看见了它。

纺纱工还是在那儿转①。
那就是人工介入的环节。
她灵巧的手上套着指戒，
伸进竖琴一般的丝弦。
她从两头抓住了断线，
用从不失手的动作轻轻一碰，
把它们混连，而不是缠起。
人的心灵手巧是好的。
他站那儿把这些都看在眼，
但是发现这很容易抵抗。

他知道别处，一座林子，
里边有树那么高的悬崖；
如果他站在其中一座悬崖上，
就处身于众多树顶之间。
上层的树枝环绕在他周围。
它们的呼吸混合他的呼吸。
如果——如果他站着，太多的如果！
他知道一条路想要人走。
他知道一个喷泉想要人喝。
一个思想想被深入思考。
一段爱情想要重新点燃。
这可不是空口白话，
省去他去做的努力。
这对他来说预示了行动、作为。

工厂是很好的工厂，
他希望它有全部现代的速度。

---

① 纺纱工，spinner，另外一个意思是转动者。

但毕竟,它并非神圣,
也就是说,它不是教堂。
他从来没有认为离开他
任何机构就不能运转。
但他那时说,今后也要说,
如果真的到了那么一天
工业看上去要消亡,
就因为他弃之不管,
或仅仅只是渴望得到
他的认可,那么来吧,
过来找他——它们知道去何处寻找。

从林子里出来两个笨拙的流浪汉
(只有上帝知道昨晚他们睡在哪里,
但应该是离开伐木营没有多久)。
他们认为砍伐是他们天生的权利。
作为林中居民,伐木工人,
他们用更适合他们自己的工具评判我。
除非一个家伙挥起斧头
否则他们认为无法判断他是不是傻瓜。

我们两方都没有说什么。
他们知道只需站在那里
就能把他们所有的逻辑塞进我的脑子:
我没有权利轻率对待另一个人的
工作,为的却是自己欢悦。
我的权利是出于爱,而他们的权利是因生活必需。
两者水火不容的时候
他们的权利更需保障——同意。

但谁会屈服于他们的分别,
我生活中的目标是把我的爱好
和我的职业合为一体,
就像我的两只眼睛合为一个视域。
只有在爱好和所需一体,
工作对肉身生存来说相当于玩耍的时候,
才有可能为了老天和未来
把事业真正地完成。

相信他吧，他不会辜负你的信任。
你再怎么动作他都不会误解。
让他落在皮肤上吧，除非你不想
让那么些毛刺刺的足钩同时踩在身上。
他追捕家里的苍蝇是要喂养
和他一样大小的砰砰的幼蜂，
在这里他表现最佳，但即使在这里——
我观察他猛扑、抓住、击打的地方，
但他发现捕获的不过是一个钉头。
他二次扑上，还是钉头。
"那些不过是钉头。钉进去的。"
他忍下一声儿，不那懊丧，
他抓起扑上了一枚小小的浆果。
像球员蜷身抱着一只足球。
"错误的形状，错误的颜色，错误的味道，"我说。
浆果把他从头翻滚过去。
最后他扑一只苍蝇。冲过去却扑了空。
苍蝇嘲弄地围着他转圈。
但是在苍蝇这事上，我认为
他作出了属于自己的诗意，把钉头
和苍蝇相比，把苍蝇和浆果相比：
多像一只苍蝇，多像一只苍蝇啊。
但他错过的真苍蝇从不是这样；
那错过的苍蝇使我很危险地转向怀疑主义。

难道这整个儿的本能论不需要修正？
难道不是所有的理论都需要修正？
犯错是人类本性，不是动物的。
或者我们太过称赞本能，
这称赞太慷慨大方了

以至于更多的是拿走而不是给予。
我们的崇敬，幽默以及责任心
早已被赋予到桌子下面的狗身上。
活该我们建立往下比喻
的机制。只要我们在世界上
把我们的比喻往上进行
和神仙天使比，我们至少还是人，
只是比神仙天使稍低一点。
可是一旦比喻往下进行，
一旦我们看到自己的形象
反映在泥浆，甚至尘土里，
就成了幻灭中的幻灭了。
我们一点点地输给了动物，
就像被丢给群狼拖时间的人。
除了会犯错，我们什么都没有，
甚至这也被今日的工作弄得可疑。

埃姆斯伯里①的一条蓝色缎带

一只如此漂亮的小母鸡
应盛妆去参加冬天的展会,
让人展览,得个冠军。
答案是,这只小母鸡去过了——

还带了一大串的荣誉回家。
她金色的腿,她珊瑚的鸡冠,
她粉笔白的、松滑的羽毛,
她的风度,都被艳羡地谈论。

看来你肯定有所耳闻。
她斩获了几乎完美的得分。
在她身上我们看得出
西沃尔②才可以画出的身影。

现在她回到了鸡群中间,
回到了她一成不变的鸡圈,
她在食槽前徘徊着不走,
成为夜晚驱走的最后一个。

给她脚踝绑标志环的那人,
她的主人,手里提着空桶,
他也徘徊不走,怕忽略那些

---

① 马萨诸塞州埃塞克斯县的一个地方。
② 西沃尔(1866—1945),擅长画家禽的美国画家。

冬天夜里必须干完的杂事。

他斜倚着满是尘土的院墙,
几乎无法从重重包围中唤出,
那重围穿过一道道转门的深处,
和许多被垃圾覆盖的地板。

他仔细思量养鸡的艺术。
他有一半的心思都在希望
把她养成母亲夏娃,开启
一个取代所有生命的羽族。

连续下蛋六个整天,然后
休息一天,是她尊奉的仪式;
除了抱窝之外,用这样的频率
她完全可成就一个鸡蛋的功绩。

收蛋人总是能分辨出她的
呈褐色、有坚硬外壳的蛋,
一种可以确保安全的继承,
从种子通向长羽毛的一族。

在她享用大餐时,没有人影
能让她吃少一点,吃快一点。
她从容不迫地把自己填饱。
餍足的喙昏昏欲睡,却还没满足。

她独自踱步穿过鸡舍,
自己找一粒宝贵的石子啄食。
她在一个容器的开口饮水。

回到鸡窝,她也是最后上架。

鸡窝规范了她飞翔的范围,
一旦她飞起到了那个高度,
她就拍打虎虎有力的翅膀,
把整个鸡群都带着移动。

夜幕降临时开始刮风,
雪打风吹把玻璃擦亮,
但却很难从它们或她得到
评论:一声自满的唧鸣。

鸡舍虽矮,却能阻挡
黑暗、寒风和冰冷,
将前景赋予一个计划,
让一个人的谨慎显得必要。

一只鼓丘土拨鼠

一个家伙有一道斜坡
另一个有块腐烂的木板,
都能遮挡出一小片天
弥补其不足的空间。

我自己的战略隐退所,
在两块岩石合缝的地方,
为了更安全,更窄小舒适,
我还挖了两个门的地道。

有了这些在背后作为保证,
我才能坐下来正面应对危险,
像一个精明的家伙假装
他和整个世界都是朋友。

我们所有想活下去的
都发出一声尖叫,
一有半点风吹草动,
唰,我们就钻进农场的地下。

我们故意不马上出来
狡猾地躲藏一会儿,
或者吃饭,或者饮水。
趁此机会可以思考一番。

如果在狩猎过后

双管猎枪不再轰响
(像战争、瘟疫
和失去的常识判断)

如果我能满怀信心地说,
亲爱的,我将在那里等你,
哪怕还有一天,
甚至还有一年,

这都是因为,虽然
和全体相比微不足道,
我对我的洞口和地道
本能地有着全面的考虑。

金色的赫斯泊里蒂 ①

方块儿② 马修·希尔嫁接的苹果幼树
在第五个年头就开始开花。
它在款待了蜜蜂,
脱去满树的繁花和梗之后,只剩三朵,
它让自己保留这三朵花;
这三朵花凭毛茸茸的果蜡开始长大。

它们刚刚把自己翻转过来
以前是朝上,被亲吻的姿态,
现在变成朝下,却并不悲哀,
方块儿马修·希尔来了,想看看还有什么,
他只数了两朵(一朵他没看见);
但两朵作为开始也算不错。

他的小马修,也是五岁大小,
被爸爸领到苹果树下,
举起来和叶子齐平,告诉他说,
我们还不能碰它们,只能看看!
以前的绿色会渐渐变成金色。
它们的名字叫做金色的赫斯泊里蒂。

他常常去看那几个果子,

---

① Hesperidee 是希腊神话里的仙女赫斯帕里得斯果园里的金苹果树结的果实。
② 方块儿 Square,马修·希尔的外号,其一是身材矮壮,其二是为人古板保守,或者比较讲究原则,这里可能两意兼有。

就跟他去喂猪或挤奶一样频繁,
靴子上沾满了晨露和夜霜。
它们比院内的家畜更让他感到亲近,
在细弱的枝头上危险地摇晃,
像挂在细枝上渐吹渐大的气泡。

很早就发现它们是三个而不是两个——
多一个,他想,可以更有把握挺到最后。
三个就意味着,命运不可能用
果蝇或褐色的寄生虫把它们全都摧残,
让他最后无法通过咬一口苹果,证明
金色的赫斯泊里蒂的名字是对的。

就这样他陪着它们,霜期渐近。
有一天树叶随秋风飒飒作响,
树上的果实也被粗鲁地摇荡,
他觉得没有什么特别的损失,
如果他夏天的愿望能够实现,
亲眼看它们摘下放在盘子里没有损伤,

在那里它们可以安全地熟到可吃的程度。
但是当他去看时,苹果消失了,
不在树下,也不在树上,哪里都没有,
神经大条的树却似乎毫不关心!
那是个周日,方块儿希尔打扮好了,
教堂最后一遍钟声正在催促。

正如他所做的,对那些做了
这坏事的人他一句坏话都没说,
方块儿马修·希尔脱下他的礼帽

郑重其事地把它放在地上，
严肃的纵身一跃，跳在上面
慢慢跳舞，直到把它踩扁。

他忽然意识到自己在做什么，
四下张望有没有人看到他的行为。
这可是亚哈斯①曾经犯过的罪
（那个段落的含义却被隐去了）：
看到树上青翠的地方
就崇拜苹果。难道有别的意义？

上帝看到他在果园的路上跳舞，
却仁慈地不让过往的人群
目睹一个如此自豪的人所犯的错误。
所以这个故事没有在迦特②讲述；
作为感谢，方块儿马修发誓
要做一个更严肃的人，在怒火中自律。

---

① 《圣经·列王记》犹大王约坦的儿子亚哈斯登基，"在丘坛上，山岗上，各青翠树下献祭烧香"。
② 《圣经》中腓力斯五大城市之一。

暴风雨的时候

让这倾盆大雨肆虐!
它能对我做的最糟的事
不过是将花园里的土
冲得离海更近一点。

开天辟地以来雨就是这样
尤其是在冲击一座山间农场,
付出一点点将来的损失
以换取当下的利益之时。

而且还不一定有什么损失,
因为所有那些腐烂的肥沃
在我的花园没入沟渠的时候
都是被冲刷至贫瘠的结局,

只需某种力量施加,
山顶就会被水淹没,
海床就会升起变干,
地球的斜坡就会反转方向。

然后我只需跑到
斜坡的另外一头,
在新被太阳曝晒的土地上
从零开始,再次希望。

犁铧会翻出一些

我自己的磨损的旧工具，
木柄已经沉淀成化石，
正好可以供我使用。

愿我的实践如此接近
一个不会结束的循环往复，
不要让我疲惫灰心
对人类的处境充满怨恨。

路边小摊

小破房伸出一间新棚子
就在靠近路边,交通繁忙的地方,
一个路边小摊可怜巴巴地恳请,
公平说,不是一点面包,
而是一点钱,现金,它的流动支撑了
城市之花不沉没,也不凋谢。
光滑的车流经过,心怀前方,
就是滞留片刻,也会心情郁闷,
看到这风景被毫无艺术感的喷漆牌毁掉,
上边的 N 颠倒,S 也转了向,
看到盛在木头篮子里卖的莓果
或是长银斑的歪脖子金色西葫芦,
或是漂亮山色间其他的美。
你有钱,但如果你侮辱人,
那么,拿着你的臭钱(蠢蛋)走人。
我不会抱怨对这美景的伤害,
更多感到的是没说出的不信任的哀伤:
我们远离城市,在这里摆个路边摊,
想要一些城市钱拿在手里掂掂,
试着看它是否不能扩大我们的存在,
给予我们电影里保证的,据说
那些执政党不让我们过的生活。

新闻说所有这些可怜的人们
都将被出钱赎买,被仁慈地聚居在
剧院和商店附近的村子里,

在那里他们不用操心自己的生计。
那些贪婪的行善人，仁慈的捕猎兽，
蜂拥而入，把算计好的利益
强加在人们的生活上，以欺骗安慰他们，
教他们怎么白天睡觉、整天无所事事，
破坏他们古老的夜眠习惯。

有时候我觉得自己很难承受
如此多孩子气的徒劳渴望，
那个打开的窗边潜藏的悲哀，
整天都在几乎公开的祈祷中等待
刹车的尖叫声，一辆车会停下，
在成千的自私的过路车里
哪怕有这一辆停下问一个农民价钱。
有一辆确实停了，但却是利用草地倒车，
转头的时候还掀起了草皮。
另外一辆问这条路通向何方。
还有一辆问他们能不能卖一加仑汽油，
他们不能（这蠢蛋）：他们没有油，难道看不见吗？

不，以乡下的钱，乡下衡量所获的尺度，
这必要的精神升华从来没有被发现过，
起码乡下的声音似乎是这样抱怨的。
我禁不住承认，一锤子把这些人的痛苦
全部解除，是多么大的宽慰。
然而当我第二天恢复理智，
我想知道，我怎么才能让你回到我身边，
轻柔地把我从痛苦中解脱。

分工

桌布上的一只蚂蚁
碰到一只沉睡的蛾
体格是他的好几倍。
他却一点都没惊奇。
他做的事与此无关。
他轻轻碰了它一下,
继续他的例行任务。
若碰到一个侦察蚁,
其任务是寻找上帝,
并探索时空的本质,
他会请他注意此事。
蚂蚁是奇怪的物种。
脚步匆匆绝不停留,
哪怕遇到同类尸体,
也一刻都不会耽误——
看去甚至无动于衷。
但他肯定会报告给
和他碰触须的蚂蚁,
他们再上报给宫廷。
用的是福尔米克①语:
"杰里·麦克米克死了。
无私的觅食蚁杰里。
特种侍卫们任务是
安葬死去的军需官,

---

① 福尔米克 Formic,如果小写则是形容词,蚁酸的。

把他带回族人中间,
郑重放入花萼灵棺,
一朵花瓣包裹遗体,
荨麻香液涂抹全身,
这就是女王的旨意。"
随即来了个殡仪官,
表情庄严来到现场。
按照正式礼仪就位,
轻轻地颤动着触须,
拦腰抓住死者身体,
高高地举到了空中,
然后把他从此移走。
没人聚集在旁围观,
这事和别的人无关。

这事不能算是冷酷。
但却如此分工明确。

关于心开始遮蔽大脑

我在犹他州的沙漠里看到
或认为看到了某些事,那是半夜
从我的下铺窗口看出去,
月光洒满了天,洒满了地,
天上只有稀疏的几颗星;
地面上只有一盏灯在远处闪烁,
人类的令人可怜的灯光,
衬托着黑暗的背景,在我看来
是由心怀大绝望的人维持着。
它飘摇着,半小时内就会熄灭,
像花儿的最后一瓣落下。
但我的心开始遮蔽大脑。
我知道有一个更好的故事。
那远处的光闪烁是因为掠过树。
人们可以把它点亮随便多长时间;
当他们对它失去兴趣,
可以把它交给别人看管。
如果夏天过后原路返回,
我会发现它的亮度没有什么变化。
我经过,但却不得不怀疑,
当有人会说,"让我们把它熄灭。"
另外一人则毫无异议地表示同意。
他们可以想让它亮多长时间就多长时间,
他们什么时候想熄灭就把它熄灭。
最后从黑暗的房间里往外看
光亮沙漠里的一些暗点,

也许是人群,但却只是雪松,
没有目的,没有领队,
也从来没有迈出第一步去集结,
所以不应该让她恐惧发抖。①
她还能想到不同于此的其他地方,
可以不必诉诸于"不适合我们"的言辞。
生活并非如此的邪恶、严重。
直面事实才是使他们勇敢的原因。
他是丈夫,她是妻子。
她不怕他,他们不怕生活。
他们知道另一点灯光去了哪里,
不止一个和他们的灯光类似的灯光,
只是更早熄灭了,入睡了,
所以我在大地飞行中没有看到。

这就是我半夜醒来看到的,
用铁路的节奏经过,
我透过火车喷出的团团浓烟,
远远地把视线投入别人的生活。

---

① 这里的"她"应该指的是沙漠。意思是,人类的亮光没有覆盖所有地方,还是有一些人类的目的心没有渗透、没有"集结"的地方,所以"她"不用害怕。因此,后文的丈夫是人类生活,妻子是沙漠或自然,两者是婚姻关系,所以不需要互相害怕。

门洞里的身影

坡度抬升,我们在山间平地
高高地穿行,眼睛什么都看不到,
除了橡木丛,还是橡木丛,因为没有
土的滋养,橡木细到没什么腰围。
但在我们通过这单调景色时
我们忽然看到有一个活人。
他高瘦的身影填满了木屋门。
假如他往后倒进屋里,
他的头肯定碰到木屋的后墙。
但我们这些过路人看不到他倒下。
周围多少英里肯定荒无人烟,
但对此他明显可以承担。
他站着,不动摇,即使阴郁憔悴,
也不必然是因为穷困。
他用橡树取暖、照明。
他有一只母鸡,他还有一头猪在视线范围。
他有一口井,可以承接雨水。
他有一块十乘二十平方的菜地。
也不缺乏常见的娱乐。
我想这就是我们火车经过的意义。
他可以看吃晚餐的我们,
然后伸直胳膊向我们挥手致意。

在伍德沃德公园 ①

一个自负聪明的男孩,
有一次给笼子里的两只小猴子
展示一面它们不理解的取火镜,
也永远不可能使它们理解。
说话不管用:说这是一个
能聚焦太阳光线的透镜也没用。
还是让他给它们演示这武器该怎么用吧。
他把光线聚焦在第一只猴子的
鼻子上,然后第二只,直到把它俩
晃得头晕目眩,
眨眼都似乎没法眨走。
它们站起来把手臂交缠在铁栅栏上,
交换对生活惶惑的眼神。
一只猴子若有所思地手捂住鼻子
似乎是被提醒了——或者也许是
一百万年才有一个的主意。
他小小的紫色指爪被灼痛。
那已知的东西被精神试验
再一次证明。
如果不是男孩靠得太近太久
那就会是所有的可以宣布的发现。
随后爆发了一阵撕扯和争抢,
镜子成了猴子的,而不是男孩的。

---

① 位于旧金山,弗罗斯特少年时期常去逛的一个集动物园、博物馆和游乐园为一体的游览胜地。

它们马上退到笼子后边,
开始做一番自己的研究试验,
虽然缺乏需要具备的洞见。
它们乱咬玻璃镜片,听闻味道。
它们弄掉了手柄和镶边。
也没有更聪明一点,就直接放弃,
把它藏在它们睡觉的草里,
以对付囚犯们苦闷的日子,
无聊地再次回到铁栅栏前,
为自己做出回答:猴子懂什么
还是不懂什么,谁说这问题很重要?
它们也许不理解一个取火镜,
它们也许不理解太阳自身。
重要的是懂得拿事情怎么办。

创纪录的一大步

福蒙特州的一间卧室里
壁橱门是两扇宽木板
后墙是一个掉土的旧壁炉
(它们的脚趾头就冲着那儿),

我有一双鞋挺立着,
皮子松垮的两个宿敌,
曾经不停地相互跨越,
如今并肩生活在一起。

它们在卧室里听到我,
就不时问我一两个问题
关于谁太老了走不动了,
谁承受了太多的重力。

我去年在芒陶克① 湿了一只,
为追回一顶帽子。
在悬崖屋② 另外一只也被
一道更猛的海浪打湿。

这两次冒险,分别是由
两个外孙把我带去。
不过他们长大后如能读到此诗,

---

① 纽约长岛南岸的一个地方。
② 旅馆,位于旧金山的一处海滩。

希望不会以为我在责备他们。

现在我用舌头舔着鞋子,
除非我的味觉把我欺骗,
从一只鞋我尝到了大西洋的盐,
从另一只我尝到了太平洋的盐。

每个大洋踏一只脚,
是创纪录的一大步或伸展。
用来迈出那步的真皮鞋子
能值多少钱我就应卖多少钱。

但我却自豪地把它们
收藏在我的博物馆里,冥想;
那些厚皮不要因为过去是
活跃的鞋子,就冒充薄皮。

我请所有人试着原谅我,
原谅我过于夸张的宣称,
好像我丈量了这个国家,
给予美利坚合众国以确定。

叶子和花儿比较

一棵树的叶子也许不差,
树皮和木材也同样很佳;
但你没给它的根施用正确的东西
它永远也不会长出多少果实和花。

我也许是那种不怎么关心
树是否开花结果的人。
树叶要光滑,树皮要粗糙
树叶和树皮也许已完全够得上树。

有些巨树开的花很小,
它们甚至根本就不开花。
渐老的我把注意力转到了蕨类植物。
现在应该轮到了苔藓。

我让人用简单的话告诉我
哪个更好看,是树叶还是花。
他们没有那个智慧回答,
叶子是夜晚好,花儿是白天好。

树叶和树皮,树叶和树皮,
黑暗里倚靠着它们,倾听它们。
花瓣也许是我曾经追求过的,
如今树叶才是我全部的暗淡心境。

落叶踩踏者

我整日踩踏落叶直到我厌烦了秋天。
上帝才知道我踏坏了多少种色彩和形状的落叶,
也许我用力太过,是因恐惧才猛烈。
我已安全地把又一年的落叶踩在脚底。

一整夏它们高悬头顶,举得比我更高。
最终落地前它们必须把我经过。
一整夏我都觉得听到它们呼吸间的恐吓。
它们掉落时似有挟我同亡的意愿。

它们和我心中的逃犯谈话,像叶对叶。
它们敲击我的眼睑嘴唇促我悲哀。
但我没道理因为它们凋落而自己凋落。
起来,我的膝盖,你要高过又一年的积雪。

关于从顶部取石加宽底部

敢往我们头上落石头!
你这矮胖的老金字塔,
你上次像样儿的塌方
已经是很久很久以前。

你的顶部已沉得太低
你的底部已扩得太宽,
很难把一块石头滚下去,
既使你想试那么一下。

可是刚说了这话,
一块卵石就砸在屋顶上,
另一块击穿了玻璃,
要求得到证明。

在他们惊慌的手
争着去拉门闩之前,
泥浆就已经汹涌而入
没有发酵的一堆。

没有人能活下来絮叨
一座还在从它的顶部
搬石头加宽底部的
古老的山。

设计

我发现一只身上有小坑的白胖蜘蛛，
趴在白色的夏枯草①上，举着一只飞蛾
像一匹僵硬的白色绸缎——
死亡和枯萎的杂乱特征
混合一起，准备好了迎接黎明，
如女巫熬制的浓汤里的料——
一只雪莲花的蜘蛛，一朵泡沫状的花，
死去的翅膀，像纸风筝一样扛着。

跟那朵花是白的有什么关系吗，
路边的蓝，无辜的夏枯草？
是什么把喜欢吃白的蜘蛛带到那高度，
然后在黑夜里把白蛾子导向它？
除了恐怖的黑暗意志还能有什么？——
这么小的东西也要被意志管辖。

---

① 夏枯草 heal-all，字面意思是所有病都治。一般都是蓝色的，诗中提到的夏枯草却是白色的，这是大自然的例外，就跟白色蜘蛛是例外一样，所有的例外凑到一起，便构成了命运。

晴但更冷

风,季节气候的搅拌器,
在我的《女巫天气指南》里
说,若想做这剂秋天妙药
你首先得让夏天酝酿,
别用勺子,也别用撇子,

一直搅拌到正确的浓度。
(像命运一样由观星决定,
星等二以下亮度的
没有一个存留)

然后从比圣·劳伦斯① 更北
的远方取一些剩下的冬天。
树叶要刮落,树枝要劈开,
让风吹来吧。让雨倾盆而下——
比正常季节的气温更冷。

洒一些雪的粉末,
如果这样更像巫术,
如果这样更像一个女巫的汤料
(胡说八道!②),

---

① 加拿大魁北克的圣·劳伦斯海湾
② All my eye and Cotton Mather! 从 All my eye and Betty Martin 套 来的,后者是一个 18 世纪就有的习语,来自一个拉丁祈祷用语,胡说八道的意思,作者把 Betty Martin 替换成 Cotton Mather 是因为发音类似,但科顿·马瑟(Cotton Mather, 1663—1728)是一个审判过著名的波士顿塞勒姆女巫案的法官,这样替换自然是有含义的。

等着观察酒浆沉淀吧。
我可以为此整天站着。
风,她会酿出一壶醉人的酒,
人类爱它——爱它。
高高在上的神也不能居于其上。

试运行

我几乎对自己发出祈祷,
当你给它些乌青的金属液
它就喷出让你毛发直竖的气流。
它将发出一声杀人的吼叫。
它将其铸石底座从地板上震起。
它将不断加速直到你的神经准备好
听它在雷鸣声中毁灭。
但是你要坚持不退,
就像他们说的战争一样。
它被开口销固定得很牢。
它的每一个零件能做什么
都被考虑到了,设计好了。
你轻轻一碰就能发动它,
什么时候停下取决于你。

准备,准备

那用桶和破布擦台阶
的女巫(憔悴的丑妇)
曾经是大美人亚比煞①,

好莱坞银幕上的骄傲。
太多人从伟大完美中堕落
叫你无法怀疑这个可能。

早点死吧,避免这厄运。
如果你命定死得晚,
你要下定决心死得体面。

把整个股票交易市场变成你的!
如果需要,占有一个王座,
那么就没人叫你丑老太婆。

有些人靠的是他们知道什么,
其他人很简单靠的是真诚。
对他们有效的办法也许对你有用。

没有对星光四射时的回忆
可以弥补后来的漠视,
也不能保证结局不残酷。

---

① 这里指的是一个好莱坞女演员,但这名字是从《圣经》来的。亚比煞是大卫王的侍女。

最好倒下时还有尊严
身边还有买来的友谊
总比没有要好。准备,准备!

十个米尔 ①

一　预防措施
年轻时我从来不敢激进
怕我年老之时变得保守。

二　生命的跨度
那条老狗朝后狂吠却不起身。
我还能记得它是小狗的时候。

三　莱特兄弟的复翼飞机
这架复翼飞机是人类飞行的形状。
它的名字也许最好是第一机动风筝。
它的制造者的名字——时间不可能搞错,
因为它在天上写了两个莱特 ②。

四　邪恶倾向消除
枯萎病会把栗树毁掉吗?
农夫们宁愿相信不会。
它不断在根部焖烧,
向上推出新的枝芽,
直到另外的寄生虫
出来把枯萎病杀死。

---

① 米尔,mill,只在计算中使用的计量单位,一美元的千分之一,十个米尔就是一分钱。
② 莱特兄弟的姓 Wright 和 Write,与 right 正确同音。两个莱特,一方面指莱特兄弟,一方面玩谐音游戏,两个莱特即两个正确,既然双重正确,那么就解释了上文的说法"时间不可能搞错"的原因。

五　佩蒂纳克斯 ①
让混乱猛烈!
让云抱团!
我等待形式。

六　黄蜂
在光滑的电线上艺术地弯腰
他伸直了整个儿身体。
他翅膀灵巧,自信地竖起。
他的蜇针部位凶狠地工作。
可怜的自我主义者,他不可能知道,
但和任何人相比他活得都不算差。

七　谜语一则
眼里有尘土,扇子当翅膀,
他一条腿叉开用来唱歌,
他一嘴染料而不是蜇刺。

八　记账难
永远别问花钱的人
花掉的钱花在了哪里。
别指望任何人记住
或编造谎言,他是怎么
用的每一分钱。

九　不是都在
我转过去问上帝

---

① 佩蒂纳克斯(Pertinax, 126—193), 192 年 12 月开始到 193 年做过三个月的罗马皇帝。

关于世界的绝望；
但更糟成了最糟
我发现上帝不在。

上帝转过去问我
（谁都不要嘲笑）：
上帝发现我不在——
至少在的不超一半。

十　在富人①夜总会
夜深了我仍在输钱，
但我很镇定，也不抱怨。

只要《独立宣言》还能保护
我有同样多的牌的权利，

对我来说谁是老板就不重要。
让我们再看下边的五张牌。

---

① Divés，拉丁语，富人的意思，《圣经·路加福音》中有关于富人 Divés 和乞丐拉萨路的故事。

夜晚的彩虹

一个雾夜,我们两人 ①
互相指引,沿莫尔文丘陵 ② 一侧摸索下来,
经过最后的湿漉漉的平地、滴雨的篱笆回家。
期间出现了一道令人迷惑的光,
就像罗马人相信在孟菲斯 ③ 的高地看到的光,
在前一天太阳的碎片
聚拢一新,呈整体升起之前。
光是我们眼中的一道颜料。
然后月亮出现了,照彻一片,
湿漉漉的像是没入水下的景象;
我们俩淹没在里头,饱和了。
地上混合了三叶草的花揪果
吸收了所有能吸的露珠水,
但空气还是浸透了水,
它的气压变成了水的重量。
此时一道篱笆门大小的彩虹出现了,
很小的一道月亮做成的棱晶弓,
跨在我们上方,近得能走进去。
从来没有另外两个人如此幸运
被给予这个见证奇迹的机会,
但却只有我一个人活下来讲述。
一个奇迹!它从弓形弯成彩虹,

---

① 这里的"两人"指的是弗罗斯特自己和在一战中阵亡的英国诗人爱德华·托马斯。
② 英国伍斯特郡的一个丘陵。
③ 古埃及的一个城市,被亚历山大大帝率领的罗马大军征服。

并没有随我们走路而移动
(为了不让装金子的罐被人发现),
从它铺满露珠的山墙上
把尘埃浮动、多彩的两端举起来,
合拢,形成一道光环。
我们站着,被它温柔地环绕其中,
无论是时间还是敌人所带来的分离
都不能中断我们订交的友谊。

丝帐篷

她像一顶丝帐篷扎在田野,
中午的阳光下一阵夏日微风
吹干了露珠,舒软了所有绳结,
让它在牵索固定中平缓摇动,
中间承重的是雪松木,
也是它朝天的尖顶,
代表了灵魂的确定之处,
不由任一根单独的绳子决定,
却没有被紧绑,而是松散地
被无数丝做的爱与思念的绳连接
系到圆盘状的地上每件物体,
只有通过一根绳在变幻莫测的
夏日空气里轻微的紧促
才感到那最细微的约束。

幸福用高度弥补长度的短缺

哦暴风雨，暴风雨的世界，
你没有被雾霭和阴云
翻卷其中的日子，
没有包在裹尸布里的日子，
太阳耀眼的火球
没有一部或全部
从我们肉眼中模糊的日子——
是如此的稀少
我禁不住奇怪我从何处
得来这持续的感觉：
竟有这么多温暖和光明。
如果我的怀疑正确，
这感觉也许完全来自
某一天完美的天气，
一大早就是晴天，
整整一天过去
傍晚仍以晴天结束。
我真的相信
我的美好印象完全
来自那一天，
除了我们的阴影再无别的阴影交缠，
穿过灿烂的花朵
我们从房舍来到林间
为了换一种孤独。

请进

当我走近树林的边缘
画眉鸟的歌声——听!
如果说树林外还亮着
那么树林里已经暗了。

对鸟来说林子里太黑,
很难凭着翅膀的扑闪
登上夜里更好的枝头,
虽然它还能唱出歌来。

太阳的最后一缕光线
已在西方的天空消失,
却在一只画眉的前胸
亮到把又一首歌唱完。

远方廊柱撑起的黑暗
吸引画眉的歌声进入——
几如一声请进的呼喊,
进入那黑暗之中悲叹。

但不,我出来要找的
是星星,我不会进去。
我的意思是即使被邀,
更何况还没有人邀我。

至多如此

他以为他独自拥有这个宇宙；
因为他能够唤醒的所有回声
都不过是对自己嘲讽的回响
从湖对岸树覆盖的悬崖传来。
有天早晨从碎石嶙峋的湖岸
他会对生活呼喊，它想要的
不是它自己的爱复制后返回，
而是对等的爱，原创的回答。
他的呼喊没有导致任何结果，
除非算上它在对岸悬崖下的
碎石上撞得粉碎之后的体现，
然后远处的水面传来噗通声，
但在给它足够时间游过来后，
当它接近时却证明不是人类，
不是除了他之外的又一个人，
而是一头高大雄鹿猛然跃出，
把破碎飞溅的湖水一下顶起，
落在地上像一座瀑布般淌水，
鹿角向前跌跌撞撞踩过乱石，
穿过灌木丛——这就是所有。

一道云影

一阵微风发现我打开的书
于是开始翻动书页寻觅
以前就有的一首关于春天的诗。
我试着告诉她"没这回事!"

因为谁能写出关于春天的诗?
微风很鄙视地不做回应。
一道云影掠过她的脸庞,
害怕我会使她错过那地方。

完全奉献 ①

这土地是我们的,在我们属于这土地之前。
她是我们的土地一百多年了
我们才成为她的人民。她是我们的,
在马萨诸塞,在弗吉尼亚,
但我们是英格兰的,还是殖民者,
占有我们还没有被占有的,
被我们现在已不再占有的占有。
我们所保留的某些东西让我们弱小
直到发现我们从我们生活的土地上
所保留的正是我们自己,
才即刻在奉献中发现了赎救。
正如我们所做,我们把自己彻底交出
(奉献的契书就是多次战争的功绩)
交给这片模糊地向西扩张的土地,
它还没有被故事流传,没有艺术,没有强化,
正如她当时所是,正如她所即将成为。

---

① 弗罗斯特1961年在肯尼迪总统就职典礼上朗读了这首诗。他原本要读的是另外一首专门为典礼而写的稍长点的诗《为约翰·F.肯尼迪总统就职典礼而作》,当时阳光刺眼,看不清稿子,所以弗罗斯特靠记忆背诵了此诗。为了迎合当时的气氛,弗罗斯特对最后一句现场发挥为:"正如她当时所是,正如她所即将成为,已经成为——请允许我为了这个场合改成——她将要成为的"。

秘密坐下

我们围一圈跳舞并猜测
而秘密坐在中间却知晓。

半场革命

我主张半场革命。
彻底革命的麻烦是
(去问任何有信誉的玫瑰十字会员 ①)
它总让同一个阶级登顶。
熟练执行的执行者
因此会把半途而止作入规划。
是的,革命是唯一的良药,
但却是件只应做一半的事。

---

① 西方神秘教团,17 世纪初为人所知。

严肃的一步轻松迈出

地图上两个毛刺之间
是一条头部中空的蛇。
毛刺的是山，蛇是一条溪流，
中空的头是一片湖泊。

地名之前的一点
应该是一个小镇。
那里也许有座房子我们能买
只需一美元首付。

两只轮子深陷沟渠
我们离开沸腾的汽车
找到一栋房子敲门，
从此我们就定居在那里。

它现在有三百年历史，
位于大西洋的这一边，
里头换了一家又一家。
我们将再给它添三百年，

以我们的姓氏在这里耕作，
离群索居却不冷漠傲慢。
让土壤肥沃，牧群扩大，
篱笆和房顶得到修缮。

从此经历十万个日子

每天报纸头条变换,
几场重要的战争,
还有四十五任总统。

指令

退出对我们来说太多的这一切,
退到一个因焚烧、融化、剥裂
而失去细节的,变得简单的年代,
如墓地里的大理石雕像被天气侵蚀。
有一座不再是房子的房子,
在一个不再是农场的农场,
位于一个不再是小镇的小镇。
那儿的路,如果你让一个
心里只想让你迷路的向导指引,
看起来本应是一个采石场——
先前的城市,连把那些整块儿的
巨石膝盖掩住的托词都放弃了。
关于这,书里讲过一个故事:
除了铁轮箍所磨出的辙痕
岩石上划着从东南到西北的线条,
这是一个巨大的冰川的功劳,
他的脚还牢牢地插在北极。
你必须不在意他留下的某种凉意
据说还萦绕着潘瑟山① 的这一侧。
你也不用在意这一连串的折磨:
被什么东西从四十个地窖洞口窥视,
就像四十只小木桶浮现出的眼珠。
至于那些树因看到你兴奋
而给它们的叶子送去一阵窸窣,

---

① Panther Mountain,潘瑟山,在纽约州。

请把这归咎于它们是新手,经验不足。
二十年前不到它们又在哪里?
它们太洋洋得意于能盖过几棵
被啄木鸟啄过的老苹果树。
给自己鼓劲儿,编一首关于这条路的歌吧,
也许这曾是某人下工回家
走过的路,他也许就在你前边走,
也许还携有一小袋粮食,吱吱响。
此番探险的高潮就在这个乡间高处,
那里两个村子的文化彼此
淡入对方。两者都已经消亡。
如果你也迷失得够多,从而找到了
自己,那么收起你身后的梯级路
竖块"关闭"的牌子给除我之外的所有人。
然后你就当在自己家里。现在留存的
唯一的地方不比马鞍磨坏的一块皮更大。
首先是孩子办家家的小屋,
一棵松树下散落摔碎的碗碟,
孩子们玩耍的小房子里的玩具。
这点东西都能让他们高兴,为此流泪吧。
然后就是那不再是房子的房子,
而只是丁香覆盖的地窖口,
像生面团上正在变小的洞。
这不是一个玩具屋,而是真正的房子。
你的目的地,你的命运之地
是一条这所房子用作水源的小溪,
像靠近源头的泉水一样冰冷,
太高太近源头,汹涌不起来。
(我们知道峡谷里的溪水激起后
会留下挂在荆棘和倒刺上的碎片)

我曾在水边一棵老雪松
耸起的脚窝处隐藏了一只
损坏了的高脚酒杯,像被施了魔法
的圣杯,让无关人等找不见它,
因而得不到拯救,正如圣马可所说也不应得到。
(高脚杯是我从孩子玩具屋里偷来的)
这就是你的水,是你饮水的地方。
喝吧,重新获得完整,免于困惑。

太为河流焦虑

俯视长长的峡谷,那里矗立着一座山,
曾有人说那山是世界的尽头。
那么这条已升起来,必须注入
空谷以腾空自己的河,该怎么办?
我从没见过如此湍急的河却不起云雾。
哦,我曾经常为河流太过焦虑,
不放心任由它们去找峡谷的出口。
事实是这条河流入了一个叫做
"停止质疑与我们无关的事"的峡谷。
因为迟早我们都得在某处停下。
没有比太远的地方更容易让人迷失。
黑暗马上就从四周令人压抑地
把我们包围,但这也许只是出于怜悯。
我们所知的世界是大象驮着的轿席,
大象站在一只龟背上,
而龟却爬在海中一块石头上。
在她必须熄灯,并告诉孩子们说
故事再往下就是梦之前,这个故事
还能持续多久才失去科学性?
"你们孩子们可以梦到它,第二天说起它。"
我们熔化之时,我们还是气体之时。
什么点火烧我们,什么让我们旋转。
卢克莱修这个伊壁鸠鲁主义者也许会告诉我们,
是某些我们一开始就都知道的东西,
不需像他的老师① 那样进入一个空间,
才发现是努力,是爱的尝试。

---

① 这里指的是伊壁鸠鲁,伊壁鸠鲁认为在不同世界之间存在一个无限的空无。

探询的脸

那只冬猫头鹰 ① 及时倾侧
差点没有一头撞碎玻璃窗
她绷紧的翅膀一下子打开
染上黄昏的最后一抹余辉
露出腹部羽毛和翅尾翎毛
被隔着玻璃的孩子们看到。

---

① 冬猫头鹰,应该指的是 Snowy owl,又名白鸮,雪猫头鹰,是北美体形较大的猫头鹰,主要生活在极北地区,冬天会飞到美国的新英格兰地区,也就是弗罗斯特生活的地方,甚至更南。